Tote Seelen
Schwarzer Mondtag

AF191039

WIDMUNG

ÜBER DEN AUTOR

Oliver Szymanski wurde in Dorsten in Nordrhein-Westfalen geboren. Parallel zum Abitur arbeitete er bereits als Selbstständiger im IT-Bereich. Er hat seinen Wehrdienst in einem Nato-Fernmelderegiment geleistet. Begleitend zu seiner Tätigkeit als IT-Berater studierte er Informatik an der technischen Universität Dortmund. Er ist als Dipl. Informatiker für Unternehmen als Berater, Trainer und Software-Architekt tätig. Privat skatet und snowboarded er gern, mag Kinogänge und Rollenspiele. Bereits seit dem zwölften Lebensjahr schreibt er Geschichten in seiner Freizeit, die zwar in sich abgeschlossen sind, aber bedeutsame Facetten eines eigenen Universums widerspiegeln. Über die Jahre hinweg ist er dazu übergegangen, statt der anfänglichen Kurzgeschichten vollständige Romane zu verfassen.

Oliver Szymanski

Tote Seelen

Schwarzer Mondtag

Bibliografische Information Der Deutschen Bibliothek:
Die Deutsche Bibliothek verzeichnet diese Publikation in der
Deutschen Nationalbibliografie; detaillierte bibliografische
Daten sind im Internet über <http://dnb.ddb.de> abrufbar.

© 1996-2011 Oliver Szymanski
Umschlaggestaltung: Oliver Szymanski
Herstellung und Verlag: Books on Demand GmbH, Norderstedt
ISBN-13: 978-3842373716

Im Internet unter: <http://www.oliver-szymanski.de>

DANKSAGUNG

Nach einigen veröffentlichten Romanen und somit auch Danksagungen
kommt der Zeitpunkt, an dem man danken will, aber man einfach keinen
vernünftiger Text zu schreiben vermag.

Nachdem der vorliegende Roman vor langer Zeit begonnen wurde, und der
Ursprung dazu noch weit vor dem ersten geschriebenen Wort
des Romans liegt, möchte ich dem Jungen danken,
dem ich die Geschichte zu verdanken habe.

Manchmal ist er mir sehr nahe, und ich kenne ihn.
Doch manchmal ist er mir so dermaßen fern,
dass ich glaube er ist ein Fremder.

Dennoch schlummert er tief in mir.
Ich schwöre diesen Jungen mein Leben lang zu schützen,
damit er nicht zu den Toten Seelen wird.

TOTE SEELEN

„Hauser, Sie wissen worum es geht?"
„Nein, Sir. Ich wurde bislang nicht informiert."
„Gut, Hauser. Dann werden wir das nun nachholen."

Vern Krieger stand an dem einsamen Eingang dieser ablehnungswürdigen Halle. In dem dämmrigen Licht des Mondes, welches durch die milchigen Glasscheiben der Tür hereinfiel, konnte man lediglich seine Konturen ausmachen. Und das zitternde glühende Leuchten, welches in einigermaßen regelmäßigen Abständen immer wieder zum Kopf geführt wurde. Er beruhigte seine Gedanken damit und schaffte durch die stupide Handlung eine Leerung seines Kopfes.

Schließlich warf er den Zigarettenstummel zu Boden, ihn mit einem Fuß zertretend. Sein Aufenthaltsort war ihm unangenehm, die Umgebung ganz und gar nicht vertraut. Ihm gefiel dieser Job nicht, aber wenn es denn so sein sollte … Er würde diesen Ort bewachen, er gehorchte jedem Befehl. Obwohl er zugeben musste, dass er in neuerer Zeit die ihm gegebenen Befehle nicht mehr verstand, sie waren derart seltsam.

Es hatte damit angefangen, dass man ihn versetzt hatte. Nicht, wie er gehofft hatte, in das Europian

Special Protection Corps. Da wäre er nun gerne gewesen, nächtliche Trainingseinheiten absolvierend oder seine Kampfschwimmerausbildung vertiefend. Oder einfach nur schlafend, wartend auf den nächsten Tag. Doch nun stand er hier, in der Dunkelheit des Seins oder besser des Nichtseins, bei Betrachtung des Ortes. Nicht einmal wissend, was er bewachte. Oder wen.

Die Taschenlampe, welche an seinem Gürtel befestigt war, hätte er liebend gerne die Nacht über angelassen. Aber zu schnell wären die Batterien leer gewesen. Schade eigentlich. Er hatte schon einiges überstanden, und nie hatte er ein solch ungutes, schlechtes Gefühl bei einer Sache gehabt. Er hörte erneut dieses Geräusch, seine linke Hand griff wie zuvor an den Schaft seiner Waffe, einer handlichen Ahawk. Doch der seltsame Klang verging wieder.

Seine Gänsehaut legte sich. Ein paar vereinzelte Schweißtropfen hatten sich gebildet. Er wischte sie schnell weg, sich selbst gegenüber die Angst nicht eingestehend. Ein Krieger kannte keine Angst. Auch nicht, wenn er ganz allein eine Leichenhalle inmitten eines vereinsamten Friedhofes bewachen sollte. Zumindest hoffte er allein zu sein, wenn er schon keinen direkten Partner an seiner Seite hatte.

Plötzlich hatte er das Gefühl, jemanden hinter sich zu

wissen. Abrupt wandte er sich um. Innerhalb der Drehung vermochte er es die Waffe zu ziehen und sie gradlinig auszurichten. Der lange Gang, von dem die abgeriegelten Leichenkammern ausgingen, Krieger hoffte, dass diese nicht belegt waren, war düster, aber auch, sofern man dies erkennen konnte, leer.

Niemand störte Kriegers Ruhe. Er drehte sich wieder der Tür zu, die er bewachen sollte. Doch noch bevor er seine Waffe wegzustecken vermochte, bemerkte er den Schatten, der von außen auf die Milchglastür geworfen wurde. Und dieser Schatten wurde größer, das den Schatten werfende Objekt kam näher.

Vern Krieger behielt seine Waffe in der linken Hand und zückte mit der anderen die Taschenlampe, die er jedoch noch nicht aktivierte. Er wartete dank seiner großartigen Schulung kühl und überlegt ab. Seine Nerven hätten ihn zu einer ganz anderen Tat gezwungen: zur Flucht. Doch er verharrte.

Der Schatten war merkwürdig langgezogen, etwas stülpte sich heraus, näherte sich dem äußeren Griff. Die Tür schwang auf, sie war keineswegs verschlossen. Vern hielt den Atem an. Beide Arme hatten ihren Dienst getan und sich ausgerichtet. Er hielt die Waffe und die Taschenlampe parallel nebeneinander, bereit zum Einsatz. Die Tür schwang auf, weder knirschend noch knarrend, doch gerade das Fehlen eines jeden

Geräusches machte für Vern die Unheimlichkeit der Situation aus. Sein Herz schien anzuhalten, wie auch sein Atem.

Ein Knopfdruck aktivierte den hellen, sich seinen unaufhaltsamen Weg bahnenden Lichtstrahl. Vom Wellencharakter des Lichts abgesehen trafen die Photonen auf ihr lebendes Ziel. Es lebte doch, oder? Krieger schoss nie, bevor er nicht genau wußte, worauf er seine Waffe angelegt hatte. Man hatte ihn schließlich nicht zu einem Mörder ausgebildet, sondern zu einem gewissenhaften Soldaten.

Er erblickte eine junge Frau. Ihre eng anliegende Kleidung, die aus einem für dieses Wetter sehr unpassenden dunklen T-Shirt ganz ohne Ärmel und einer schwarzen ledernen Hose, welche an den Seiten zusammengebunden war, bestand, tropfte leicht, vom Regenfall gewässert.

Sie sah ein wenig ausgemergelt aus, so als könnte sie ruhig etwas mehr Essen vertragen. Ihr kurz geschorenes sehr hell wirkendes Haar schenkte ihr ein jungenhaftes Aussehen.

Wasser lief von ihren nass verklebten Haaren die Wangen herunter. Sie hatte einen verzerrt wirkenden Blick. Krieger hatte in den wenigen Sekunden ihrer ersten Konfrontation den Eindruck, als stände sie unter Drogen. Ihre Augen. Ihre Augen, sie starrten ihn an.

Nein, sie starrten nicht. Sie bohrten. Sie brannten sich ein. Es war eine durchdringende Aura um sie herum. Krieger erkannte sie nicht als eine Gefahr, sie war eher ein Hilfe suchendes Opfer. Ein verängstigtes, scheues Reh, das Unterschlupf suchte.

So empfand Krieger, als er sie so anblickte, wie sie vor dem Rahmen der aufgeschwungenen Tür stand. Und wie sie innerhalb weniger Bruchteile reagierte und seine Taschenlampe wegschlug. Diese Quelle seiner Sicht fiel weiter hinten im Gang auf. Die Taschenlampe beleuchtete die Szene nur noch indirekt, in die falsche Richtung strahlend.

Kriegers Waffe hatte sie nicht berührt. Auch nach dem Schlag stand sie wieder da, in derselben Pose wie zuvor, als wäre dies nie geschehen. Krieger, nicht recht wissend, was hier geschah, war ruhig und entspannt. Er hatte einen Menschen vor sich, der wahrscheinlich ebenso viel Angst wie er selbst davor hatte, jemanden auf dem Friedhof zu treffen. Krieger übernahm die Initiative.

„Ihnen droht keine Gefahr. Ich bin Lieutenant Vern Krieger, Europian Defence Army."

Sie antwortete ihm nicht, lediglich ein Regentropfen schlug auf ihrer linken Augenbraue auf. Kriegers Waffe, bislang weiterhin in ihre Richtung zeigend, senkte sich langsam. Er hatte gut antrainierte Reflexe, würde sie doch eine Gefahr darstellen, konnte er die Waffe immer noch einsetzen. Nach der Geschichte mit seiner Taschenlampe, die ihn überrascht hatte, war er auf Attacken vorbereitet.

„Kommen Sie herein, Sie sind völlig durchnässt."

Sie trat einen Schritt näher an ihn heran, aus dem Regen heraus. Er konnte sie nun trotz der schlechten Sicht gut mustern. Sie maß ungefähr seine Größe, knapp unter eins achtzig. Ihr Gesicht ließ ihn auf das ungefähre Alter von zwanzig Jahren tippen, er selbst wäre dann sieben Jahre älter. Ihre Gesichtszüge waren fein, aber durchaus charakteristisch. Es war kein Allerweltsgesicht. Sie leckte sich mit der Zunge über ihre Lippen, er konnte nicht ausmachen, wohin ihre Augen schauten.

„Wir sollten Sie abtrocknen. Wurden Sie verfolgt, benötigen Sie Hilfe?"

„Nein."

Krieger hatte das unbestimmte Gefühl, dass ihr erstes Wort zu ihm keine besonders große Aussagekraft besaß. Er hielt seine Waffe gesenkt in der linken Hand, mit der rechten wußte er im Moment nichts anzufangen.

„Was machen Sie nachts auf diesem Friedhof?"

Ihre Konturen verwischten ein wenig, Kriegers Augen schienen für einen Augenblick unscharf justiert zu sein. Schließlich bemerkte er ihr Lächeln über seine Frage.

Eine Antwort vernahm er nicht.

„Sie haben mir nicht geantwortet."

Eine reine Feststellung, von der er sich aber endlich erwartete eine Erklärung zu bekommen. Sie bewegte sich noch näher auf ihn zu und beugte sich hervor. Ihre Augen. Ihm wurde unwohl. Er konnte es nicht erklären. Ihre Hände umgriffen seine Handgelenke, sanft schmiegten sich die Finger an seine Haut. Ihr Kopf kam seinem noch ein wenig näher und bewegte sich seitlich, den Mund an sein linkes Ohr führend.

„Ich heiße Crawl."

Sie hatte ihren seltsamen Namen sehr langgezogen ausgesprochen. Während sich die Schallwellen in seinem Innersten ausbreiteten, schmiegte sich ihr Körper an ihn. Sie senkte sich langsam, und ihr Kopf schmiegte sich zärtlich an seinem Oberkörper um sich langsam wieder seinem Gesicht zu nähern. Da erblickten ihre Pupillen es, auf ihrem Weg vom Oberkörper zu seinem Antlitz.

Ihre Hände drückten aus einem Reflex mit einer unmenschlichen Festigkeit zu. Krieger schrie lauthals auf, und die Waffe fiel zu Boden. Die Frau ließ ihn ebenso schnell wieder los, wie sie ihm Schmerzen zugefügt hatte und sackte mit einem Aufstöhnen an die seitliche Wand des Ganges.

Er, immer noch mit den Schmerzen an seinen

Handgelenken beschäftigt, schaute zu ihr hinüber. Da sah er es, als der Mond scheinbar als Warnung besonders intensiv in den Eingang der Leichenhalle schien. Wie kleine Dolche zeichneten sich ihre Eckzähne in dem vor Schmerz aufgerissenen Mund ab. Krieger verlor den Gedanken daran ein Soldat zu sein und rannte unaufhaltsam los, leicht unkontrolliert, wobei er mit der rechten Hand am Türrahmen hängenblieb. Nichts brachte den zu Tode geängstigten Mann zum Stoppen. Er taumelte weiter, seinen Alpträumen entfliehend.

Die junge Frau hatte sich wieder gefangen. Ihr Schmerz verging, und sie blickte hinaus in die feuchte Kälte, in die ihr letzter Konversationspartner floh. Und ihren aufmerksamen Augen entging nicht der kleine Tropfen, der den Türrahmen herunter lief. Kein Regentropfen, sondern ein Tropfen mit der Wärme von Leben. Die Augen einer Jägerin. Doch erst bei diesem Anblick hatte sie das Jagdfieber erfasst, und ein zischender, saugender Ton entfloh ihrer Kehle.

Krieger rannte ziellos, rannte um sein Leben. Er stolperte mehrmals, Gebüsche hielten ihn scheinbar fest, Grabsteine behinderten seinen Weg. Er lief und lief, keuchend, seinen Atem mehr und mehr verlierend. Er war einer der schnellsten und durchtrainiertesten Läufer. Der Regen prasselte auf seine Uniform und durchweichte den Stoff vollends. Das Wasser verband sich mit der roten Flüssigkeit, welche aus der kleinen Wunde seiner rechten Hand tropfte und wurde zu einem nahrhaften Saft. Krieger verlor die Energie, die ihn antrieb. Zu groß war der Ruheort der Toten, auf dem er sich befand.

Ohne noch Instinkt für Orientierung zu besitzen, fiel er zu Boden, in das vom Tau schlüpfrige Gras. Lauthals sog er die wehende Luft ein und drehte sich auf den Rücken um die Lungen zu entlasten. Seine rechte Hand tastete zu seinem Hals. Warum gerade die rechte, er war doch Linkshänder?

Sein Kopf hob sich ein wenig, und er sah die Wunde, von der er bislang keinen Schmerz verspürt hatte. Mutlos sackte sein Haupt wieder zurück.

Seine rechte Hand erreichte ihr Ziel und ertastete die Kette, welche sich um seinen Hals befand. Diese Kette hatte ihn gerettet. Früher symbolisch, als Glücksbringer im Kampfeinsatz, heute durch die direkte Macht Gottes, die mit ihr verbunden war.

Während er seine Augen schloss, wiegte er das kleine silberne Kreuz vorsichtig in der Hand, welches der Priester seiner Gemeinde zum Anlass von Vern Kriegers Kommunion gesegnet hatte. Acht Jahre später war er der Armee beigetreten.

Seine Augenlider schlugen auf, und er sah die junge

Frau in wenigen Metern Entfernung stehen, ihn starr anblickend. Krieger richtete sich mühsam auf, ein wenig fehlte ihm noch die rechte Luft in den Lungen, sein Herz arbeitete hektisch.

Aber er vermochte es und stand nun vor ihr. Seine rechte Hand riss an dem Kreuz und zerstörte die Kette, an dem es hing. Vern Krieger streckte seinen Arm aus und reckte ihn ihr entgegen, die Kette umschlossen, das Kreuz hinunter baumelnd, sichtbar für sie.

Es war ihm, als lächelte sie. Das Wesen der Nacht näherte sich ihm. Er versuchete die Macht des Kreuzes gegen sie zu benutzen. Näher und näher, als wäre die Kraft Gottes hier erloschen. Er wich zurück, sie seine Angst aufnehmend und sich davon nährend.

Zitterkrämpfe erschütterten seinen Körper. Rückwärts wollte er ihr entweichen. Doch ihr Abstand verringerte sich immer mehr, sie schritt schneller voran als er davon, bis er endgültig den Halt verlor. Sein linkes Bein, welches ihn nach hinten hatte tragen sollen, fand keinen Boden, und er stürzte in die Tiefe.

Als er aufprallte, nahm er den Schmerz nicht wahr. Unlängst hatte sein Körper ein Hormon ausgestoßen, welches Schmerzen betäubte. Er erblickte den Schatten oben am Rande des Loches, der auf ihn in der quaderförmigen Grube geworfen wurde, und seine wild um ihn herum tastenden Hände fühlten die matschige

Erde des frisch ausgehobenen Grabes.

Die Jägerin sprang herunter zu ihm und senkte sich herab, ihrem bebendem Opfer zu. Sie kniete mit ihren Beinen seitlich je links und rechts von seinem Körper, und ihr Oberkörper beugte sich langsam hinab. Er war wehrlos.

In einem letzten Aufbegehren stieß er ihr seinen Arm entgegen, das Kreuz glitzerte auf. Geradezu zärtlich, als wollte sie ihm nicht weiter weh tun, aber mit bestimmter Kraft, drückte sie seinen Arm zur Seite und ihr Kopf verharrte knapp über seinem. Ihre Lippe knickte ein wenig ein, und eines ihrer tödlichen spitzen Instrumente presste sich in die rot geschweifte Form. Sie war gierig nach der für sie bestimmten Brühe.

„Keine Furcht."

Sein Herz stand direkt vor dem Versagen, als sich ihre rechte Hand auf die betreffende Stelle seiner Brust legte. Selbst durch die Uniform, die seine von ihrer Haut trennte, konnte er ihre Kälte wahrnehmen. Das pulsierende Herzschlagen, auch wenn es etwas unregelmäßig erschien, schien ihr Freude zu bereiten.

Ihre linke Hand umfasste seine, die Blut verlor. Und sie führte diese, die er nicht mehr bewegen konnte, zu ihrem Mund. Dabei schlugen zahlreiche weitere Regentropfen auf die Wunde. Ihre Zunge streckte sich heraus, und voller Erregung berührte ihre Spitze die offene Wunde, den lebenden Geschmack des Blutes aufnehmend. Nach kurzer Zeit senkten sich ihre Lippen der Zungenspitze nach, und schonend begann sie zu saugen, während Krieger sein Bewusstsein verlor.

„Meine Herren, sehr verehrte Dame, ich bin Nikolai Rosenheim. Sie dürfen mich bei meinem Vornamen nennen. Ich wünsche Ihnen einen guten Morgen."
„Nikolai, warum der seltsame Treffpunkt?"
„Wir werden das später klären, Dr. Washington. Lassen Sie uns nun hineingehen."
Der ältere Herr namens Nikolai Rosenheim, der bereits angegraute Haare mit großen Geheimratsecken besaß, öffnete das quietschende und reichlich verzierte Doppeltor mit einem goldenen Schlüssel. Auf einem silbernen Schild befand sich die Inschrift:

Europian Defence Army Main Cemetery
Entering Permission Only For
Authorized Personal

Die kleine Gruppe aus fünf Männern und einer langhaarigen Frau, deren rot gelockte Mähne im Wind wehte, traten hinein. Das Wetter hatte sich gemäßigt, der Regen war über Nacht verstummt. Der Mann, der die Gruppe hereinführte, schloss hinter ihnen wieder ab. Sie schritten den kiesbedeckten Hauptweg entlang, von dem quer kleinere Wege zu den Gräbern führten.

Dieser Friedhof war für Militärangehörige der Europäischen Armee. Es gab keine besonderen Schutzvorrichtungen. Weshalb sollte ein Friedhof auch bewacht werden?

Rosenheim schritt voran und war merkwürdig still. Für Menschen, die seinen Charakter näher kannten, etwas Ungewohntes. Aber auf diesem Friedhof befiel ihn immer dieses merkwürdige Gefühl. Wo würde man ihn beerdigen, wenn seine Zeit gekommen? Er hatte mehr für dieses Land, diese Welt, getan als die meisten anderen. Er hatte die Menschheit mehrfach vor zerstörerischen Kriegen bewahrt. Doch wer wußte schon davon?

Niemand. Wenn seine Zeit gekommen war, so würde niemandem der Name Nikolai Rosenheim etwas sagen. Dieser Name würde nicht einmal auf dem Pass stehen, den der Tote bei sich tragen würde. Und egal, auf welche Art und Weise er versterben sollte, es wäre ein Unfall.

Ein Unfall. Es grauste ihn. Seine dichte und ebenfalls leicht ergraute Armbehaarung stellte sich auf. Die Menschheit wäre ihm eigentlich zu Dank verpflichtet gewesen. Doch es war erforderlich, dass dies niemals an die Öffentlichkeit gelangte.

Nikolai Rosenheim blieb abrupt stehen. Seine Begleiter waren allesamt noch keine engen Vertrauten, doch dies würde sicherlich noch einstellen, sofern Nikolais Dienstherren recht behielten. Sie waren leicht verwundert, was der Mann vor ihnen vorhatte.

Nikolai wandte sich nach links, einem eher schmalen Grab zu und kniete davor nieder, seine Hände machten ein Kreuzzeichen. Auf dem Grabstein stand der Name und der Rang des Toten, Admiral Viktor Unterbach. Nichts weiter. Die Frau innerhalb der Gruppe prägte sich den Namen gut ein und beobachtete aufmerksam den Mann, der sich wieder erhob um weiterzuschreiten.

„Ein Freund von Ihnen, Nikolai?"

„Ja. Ein echter Freund, Pater Beernheim."

Der mit Pater Angesprochene hatte sich neben Rosenheim gesellt. Er trug einen schwarzen Anzug, unter dem Jackett einen dunklen Pullover, deutlich tauchte der weiße Kragen am Hals auf. In der linken Hand hielt er eine Bibel, sein einziges Gepäckstück. Aber sie verließ ihn nie, wie auch das Wesen dies nicht tat, von dem die Bibel berichtete. Die Anderen der Gruppe, von Rosenheim abgesehen, trugen jeweils eine Reisetasche. Ein weiterer Mann versuchte aufzuschließen, er verspürte den Drang sich den Beiden an der Spitze mitteilen zu wollen.

Dabei kamen leider seine Beine in Diskoordination,

und er strauchelte, strebsam zu Boden plumpsend, wobei er eine wahrlich jämmerliche Figur ausmachte. Seine Reisetasche riss, trotz des eigentlich sehr gedämpften Sturzes und heraus purzelten Teile seiner Unterwäsche, rot mit kleinen Bärchen.

Er hatte das unwiderstehliche Glück, laut platschend mit dem Gesicht in eine der wenigen noch nicht in den Boden eingezogenen Wasserpfützen zu landen. Die Gruppe blieb stehen und blickte auf den armen Tollpatsch. Er richtete sich auf, unwohl umherblickend, ein verlegenes Lächeln. Dies, obwohl er sowieso nichts sehen konnte, da seine Brillengläser mit dem Schmutzwasser völlig verdreckt waren.

Er nahm die Brille ab und wusch sie unbeholfen mit seinem rechten Handrücken, wobei ihm auffiel, dass sein Uhrarmband sich beim Sturz geöffnet hatte, und die kitschige Uhr mit einem kleinen Radfahrer als Minutenzeiger neben der Wasserlache lag.

Der Pechvogel setzte die halb gesäuberte Brille wieder auf und lächelte in die Runde, die seinetwegen warten musste. Dann widmete er seine Aufmerksamkeit erneut der Uhr, die er als nächste Handlung aufnehmen wollte, sehend, dass eine ungeheuer dreiste Elster neben der Uhr Platz genommen hatte. Er machte einen Satz und stieß gegen seine immer noch auf dem Boden liegende Tasche, erneut hinfallend.

Die Elster machte sich auf und davon, mit langen Sprüngen und die Uhr im Schnabel. Petra Corel musste unwillkürlich laut loslachen, dieser Mann war nun wirklich zu dumm. Auf allen Vieren machte er sich unter den schmunzelnden Blicken seiner Begleiter an die Verfolgung des Diebes, dabei mehrere kleine Pflanzen auf Gräbern zerdrückend.

Er besaß wirklich keine gute Koordination. Sie verloren ihn aus den Augen, als er hinter einem Grabstein angelangt war. Dann ertönte ein lauter Schrei. Sie lachten alle belustigt auf und gingen los um zu sehen, in welcher misslichen Lage er sich diesmal befand.

Der Vogel befand sich vor ihm, circa zwei Meter entfernt, seine ganze Konzentration galt diesem Tier. Diesmal war er der Jäger. Er würde sich diesen Vogel packen. Seine Uhr zurückholen. Jetzt. Ohne Umschweife. Er stieß sich mit der wenigen Kraft, die er besaß, ab und machte einen Satz. Zum Einen kam er nicht weit genug, zum Anderen hatte er das große Loch übersehen, in das er nun hineinfiel.

Er landete dank der Gewichtskraft in dem lehmigen Schacht, der Platz für einen Toten bot. Nur für einen. Kiefer Meany erschrak furchtbar, als er feststellte nicht allein in diesem Loch zu sein. Dort lag eine Gestalt, sie trug eine Uniform der Europäischen Armee, und sie machte Meany fürchterliche Angst. Er schrie, schrie vor Angst.

In wenigen Augenblicken hätten sie die Kuhle erreicht, als Rosenheim bemerkte, dass dies kein normaler Aufschrei war. Kein Schmerzensschrei. Es war der Schrei von jemandem, der zu Tode erschreckt war und sich nicht mehr beherrschen konnte. Was man allerdings auch nicht von Meany erwarten konnte.

Der Körper, der mit Meany den engen Platz teilte, begann zu zucken. Der Tote schlug die Augen auf und reagierte mit beachtlicher Geschwindigkeit. Der Oberkörper zuckte auf, und die kräftigen Hände, welche die Arme vorstießen ließen, schlossen sich um den Hals seines Opfers. Aber sie drückten nicht zu. Der Atem des Soldaten begann sich zu regulieren. Vern sah, wen er vor sich hatte.

„Lieutenant Vern Krieger, was machen Sie da unten?"

Krieger schluckte zweimal schwer und blickte in die Höhe. Er ließ sein Opfer los.

„Ich ... egal. Es war nichts Wichtiges. Herr Rosenheim ..."

„Lassen wir die Förmlichkeiten. Krieger, Meany, kommen Sie da heraus. Na los. Der Mann gehört zu mir, Krieger."

Bevor sie herauskletterten, hob Krieger die Kette an

der das Kreuz hing auf. Sie lag am Boden des Grabes. Und Kiefer Meany nahm seine Uhr, die der Vogel vor dem endgültigen Wegfliegen fallen gelassen hatte. Während die grinsenden Obrigen Meany herauszogen, fasste sich Krieger an seinen Hals. Aber er fand nichts von den Dingen, die er befürchtet hatte. Nur ein Traum?

„Guter Instinkt, Meany. Sie haben unseren leicht verirrten Beschützer ja schnell gefunden."

„Danke", antwortete Kiefer, nicht einmal bemerkend, dass sich die junge Autorin über ihn lustig machte. Rosenheim, der zügig voranschritt, mischte sich mit seiner Bemerkung ein, die letzte auf ihrem Weg zur Leichenhalle: „Meany ist berühmt für sein besonderes Glück. Solche Dinge passieren ihm ständig."

Ein wenig scheuer Stolz breitete sich aus, als Meany zu der Feststellung Rosenheims nickend Stellung bezog.

Rosenheim öffnete die Haupttür der Leichenhalle und blickte hinein. Er hielt sie auf und rief den einzigen Soldaten dieses Trupps.

„Krieger!"

Rosenheim, selber nicht zum Militär gehörend, legte keinen Wert auf Rangbezeichnungen. Vern Krieger trat herbei und blickte in den Gang. Dort lag seine Taschenlampe, sie schien nicht mehr, und die Ahawk, seine leichte Militärpistole. Krieger setzte zu einer Erklärung an.

„Nicht jetzt, Krieger."

Rosenheims Stimme klang ein wenig rau, etwas freundlicher fügte er dann hinzu: „Heben Sie jetzt Ihre Sachen auf, Vern."

Vern kam der Aufforderung nach. Sein primärer Befehl lautete, dass er ab sofort diesem Mann zu gehorchen hatte. Rosenheim hatte mit seiner, über Krieger erlangten Befehlsgewalt diesen zuerst zum Bewachen der Halle abgeurteilt.

Vern versuchte nicht über die Sachen nachzudenken, die seinen Kopf bewegten, sondern folgte nach dem Aufheben seiner zwei Habseligkeiten der Gruppe. Rosenheim führte sie in die abgedunkelte Trauerhalle, durch die Tür am Ende des Ganges, in der eigentlich die Beerdigungszeremonien stattfanden.

Rosenheim schritt in die Mitte des Raumes und wandte sich herum, mit einer freundlichen Geste die anderen herein bittend. Einer nach dem anderen kam durch die Tür und nahm zwischen den hölzernen Bänken Aufstellung.

Ein Mitglied der Gruppe trat an die Wand neben der Einlasstür, um mit der Hand zu dem dort angebrachten

Schalter zu tasten, den man durch das über den Gang in den Raum fallende Licht dumpf ausmachen konnte.

„Von Schattenberg, kein Licht."

Langsam wandte sich der von Rosenheim Angesprochene herum. Heinrich von Schattenberg wusste noch immer nicht, warum er eigentlich hier war. Seine Lippen pressten sich aufeinander, bevor er sie zu einem süffisanten Lächeln verzog.

„Und wie wollen wir etwas sehen?"

„Ich werde uns Licht anmachen."

Rosenheim schritt weiter auf die der Tür gegenüberliegende Seite zu, durch den Mittelgang zwischen den Bänken. Er verblasste in der Dunkelheit. Die Gruppe vernahm hörbar, dass Rosenheim drei Treppenstufen hinauf schritt, dann Stille.

Vorsichtig, als könnte Helligkeit weh tun, tauchte rötlicher Schein auf. Ganz sanft, mäßig heller werdend, so dass man immer mehr ausmachen konnte. Die zugemauerten Fensternischen, die parallelen Bänke, man konnte mehr und mehr erkennen, dann die drei Treppenstufen, erst eine, zwei, dann drei.

Die Anhöhe für den Sarg, das Rednerpult für den Pfarrer, Petra Corel dachte nach, ein Detail fehlte in diesem kirchlichen Raum, ein Kreuz. In Krieger kroch die Kälte empor. Hinter dem Rednerpult stand Nikolai Rosenheim, eine düstere Figur in diesem Licht, er schaute zu der Gruppe. Dann machte er eine halbe Drehung zu der Frau, die neben ihn trat.

Krieger wollte zusammenbrechen, aber er wurde nicht bewusstlos. Er ging zurück, die Augen nicht von der Szene lassend. Mit dem Rücken prallte er vor die geschlossene Tür. Mist, er hatte nicht mitbekommen, dass sie sich geschlossen hatte. Er war ein Soldat, er hätte es bemerken müssen. Niemand hier hatte es bemerkt. Rosenheims Stimme erfüllte hallend den Raum, Krieger hörte, dass sie sich grausig verändert hatte, aber es war nur eine Täuschung seiner Sinne.

„Darf ich Ihnen eine weitere Angehörige unserer Gruppe vorstellen, dies ist Crawlanasa Mantoine. Ihretwegen konnten wir das richtige Licht nicht einschalten, es tut ihren Augen weh."

Krieger atmete panisch ein und aus.

„Rosenheim, kommen Sie zur Sache."

„Sofort, Dr. Washington. Ich befürchte, zuerst muss ich jemanden beruhigen. Krieger, alles in Ordnung. Sie haben Crawlanasa bereits kennengelernt, nicht wahr? Sie müssen keine Angst vor ihr haben."

Rosenheim wandte sich an die schmächtige Frau neben ihm.

„Was hast Du mit ihm gemacht, Crawl?"

Sie schaute verlegen zu Boden.

„Krieger, setzen Sie sich hin. Das ist ein Befehl."

Das letzte Wort vernehmend kam Vern Krieger den anderen Worten nach. Er setzte sich auf eine Bank, machte allerdings einen merklich seltsamen Eindruck.

„Weshalb sind wir hier?", fragte von Schattenberg.

„Von Schattenberg, ich spüre schon jetzt Ihren Unglauben, und das ist sehr gut so, deshalb sind Sie hier. Jeder von Ihnen ist aus einem anderen speziellen Grund hier, alle aber um ganz Europa zu dienen. Meany ist wegen seines unglücklichen Glückes hier. Er wird uns in vielen Dingen mit seinem schicksalsschweren Talent weiterhelfen können. Pater Michael Beernheim ist aus dem Grund hier, wegen dem ihn die Kirche von der Öffentlichkeitsarbeit ausgeschlossen und strafversetzt hat, er betrieb exorzistische Tätigkeiten. Dr. Washington, da er Methoden zur wissenschaftlichen Untersuchung von Parawissenschaften sucht und analysiert. Petra Corels Referenzen schenkte sie sich selber, dank der Veröffentlichung ihres Buches ‚Düstere Zukunft', und Crawl ist hier, weil sie … dazu später mehr. Krieger wurde uns von der Armee überlassen. Er dient unser aller Schutz. Auch wenn dies im Moment etwas zweifelhaft scheint, wenn man ihn so betrachtet. Ich denke meine junge Begleiterin hier ist daran schuld."

„Rosenheim, wollen Sie nicht endlich Klartext sprechen und uns die reine und volle Wahrheit sagen?"

„Von Schattenberg, ich freue mich, dass nichts ihren logischen Verstand betrübt. Wir werden später weitersprechen, nun bitte ich Sie alle, sich draußen einen der vom Gang abgehenden Räume auszusuchen und ihre Sachen dort abzustellen. Wir alle müssen uns für einen längeren Aufenthalt einrichten. Ich bitte Sie nun keine Fragen mehr zu stellen, in einer Stunde sprechen wir uns wieder. Ich werde gleich aber noch zu jedem in die Kabine kommen. Danke."

Die Tür des Raumes schwang auf. Unzufrieden verließ der Großteil der Gruppe den Raum. Nur Rosenheim, Krieger und die Jägerin der Nacht blieben zurück. Der Eingang verschloss sich erneut.

Krieger erlebte erneut seinen Alptraum, als die kurzhaarige Frau auf der Bank neben ihm Platz nahm und ihren Arm um ihn legte. Rosenheim setzte sich auf die Bank vor Krieger, dessen Blick ängstlich wirkte, und er wandte sich dem Soldaten zu. Die Frau winkte er zur Seite. Sie schaute ein wenig grimmig, ging aber davon, im Schatten verschwindend. Rosenheim wirkte väterlich.

„Ein Soldat voller Furcht. Ich verstehe Sie, Krieger. Aber Sie benötigen keine Angst zu haben. Crawlanasa ist, für was Sie sie halten. Sie ist ein Geschöpf der Dunkelheit. Aber obwohl sie todbringende Macht besitzt, ist sie nach meiner Einschätzung für Sie und uns alle ungefährlich. Ich kenne sie seit mehreren Monaten, und ich verspreche Ihnen, dass sie Ihnen nichts antun wird. Sie ist ein viel zu gütiges Kind. Entschuldigung, für mich sind alle unter dreißig noch Kinder. Obwohl ich Crawls Alter selber nicht genau kenne. Dies hier ist ihre jetzige Heimat. Ihr Jagdrevier sozusagen. Ich hatte ihr verboten, heute Nacht in die Leichenhalle zu gehen, aber ich hätte damit rechnen müssen. Crawl wollte Sie lediglich kennenlernen."

„Sie hat mich gejagt."

„Er fing an zu bluten, Nikolai."

„Sei still, Crawl. Sie wollte Ihnen Angst einjagen, ihre Art zu spielen. Stimmt es, was sie sagte, haben Sie geblutet?"

„Ich verletzte mich an der Hand."

„Dann ist alles klar. Sie müssen sich fürchterlich erschrocken haben. Crawl rührt aus eigenem Willen keine Menschen an. Trotzdem ist menschliches Blut für sie eine Spezialität. Sie hat ihr Blut mit allen ihren Sinnen wahrgenommen und wollte es schmecken. Wenn Crawl Sie hätte töten wollen, wären Sie jetzt nicht hier. Crawlanasa ernährt sich eigentlich nur von Tierblut."

„Ich jage Kaninchen."

„Nicht nur, Crawl. Oder hast Du etwa geglaubt, wir wüssten das nicht? Alles wieder in Ordnung Vern? Ich weiß, es ist ein tiefer Schlag, aber Sie müssen begreifen, dass hier keine Bedrohung existiert. Gehen Sie nun auf Ihr Zimmer, Vern. Und keine Übernachtung mehr in Gräbern."

„Crawl, ich hatte Dir verboten in die Halle zu gehen."
„Ich spürte seine Anwesenheit, Nikolai. Ich wollte ihn kennenlernen. Verdammt, ich habe so selten Kontakt zu Menschen. Auch ich fühle mich einsam."
„Ja, Crawl, aber Du hast ihm panische Furcht bereitet. Das muss doch nicht sein."
„Entschuldige, Nikolai. Ich wollte nur etwas Schönes mit ihm erleben. Dann sah ich sein Kreuz und verlor die Kontrolle. Er erkannte, was ich bin und lief davon, wobei er sich verletzte. Ich wollte ihn einfangen, ihn beruhigen … und natürlich auch das Blut probieren, ja doch. Er wurde bewusstlos. Aber ich habe mich um ihn gekümmert und ihn beschützt."
„Du hast die Nacht bei ihm verbracht?"
„Ja, im Morgengrauen musste ich mich aber zurückziehen. Ich ließ ihn liegen, damit er nicht wach wurde und sich erneut aufregte. Ich schwöre, ich habe ihn nicht gebissen."
„Gut, Crawl. Ich habe das auch nicht angenommen. Nun zieh Dich zurück. Der Tag ist noch lang, und Du musst Dich schließlich für Deine kleinen Jagden

ausruhen.“

„Danke, Nikolai.“

„Nun gut, wir sind wieder vollzählig.“
Sie befanden sich erneut in der Trauerhalle, eine
Stunde nach dem letzten Mal. Diesmal war der Raum
hell erleuchtet, von Schattenberg hatte den
Lichtschalter betätigen dürfen. Der kritische Mann
nahm in der zweiten Reihe Platz. Rosenheim trat an das
Pult. Krieger stand an der Tür und nahm wieder die
Position der Wache ein. Ob er das folgende Gespräch
verfolgte, war nicht zu erkennen, seine Miene blieb
regungslos.

„Wo ist ihre Begleiterin?“

„Mrs. Corel, Crawlanasa ruht sich aus. Sie wird nicht
an diesem Gespräch teilnehmen.“
An der Wand hinter Nikolai Rosenheim befand sich
eine große Videowand. Jemand hatte große Mühe
darauf verschwendet, diese Leichenhalle umzurüsten.
Aus den Totenkammern waren kleine gemütliche
Zimmer geworden, Badezimmer mit Toilette waren
ebenfalls vorhanden. Von dieser Trauerhalle ging an der
rechten Seite noch ein Raum ab, eigentlich der Raum,
in dem sich der Priester vor der Zeremonie aufhielt.
Aber Rosenheim hatte vorhin erklärt, dass dieser Raum
in einen Speiseraum mit integrierter Küche umgebaut

worden war.

„Meine Dame, meine Herren. Ich bin hier um in der folgenden Zeit diese Gruppe zu leiten. Dazu befähigt mich meine langjährige Erfahrung als Einsatzleiter, wozu ich allerdings nicht viel mehr sagen kann. Ich muss zugeben, dass ich allerdings nicht allzu viel über die Bereiche weiß, in die wir vorzustoßen versuchen werden. Ich und einige andere Herrschaften haben viele Informationen gesammelt, die uns schließlich zu Ihnen führten. Wir sind der Meinung, Sie alle sind die ideale Zusammenstellung nach Betrachtung der Aufgaben, für die wir vorgesehen sind."

„Wer versteckt sich hinter wir?"

„Ich selbst weiß es nicht, Heinrich von Schattenberg. Es ist der Dienst. Ein mächtiger, geheimer Dienst, der für den Schutz der Europäischen Union zuständig ist. Dieser Dienst ist so geheim, dass ich über seinen Namen nicht informiert bin, obwohl ich Zeit meines Lebens für diesen Dienst gearbeitet habe. Aber ich denke, dass ist auch nicht weiter von belang. Ich weiß, dass Ihnen die kommende Arbeit Spaß machen wird, denn Sie werden das tun, womit Sie sich schon immer gerne beschäftigt haben. Nur werden Ihnen dabei völlig neue und nahezu unbegrenzte Mittel zur Verfügung stehen. Unsere Gruppe wird sich mit paranormalen Aktivitäten beschäftigen, von denen angenommen wird, dass sie Ausmaße haben, welche die Europäische Union gefährden könnten. Ich denke nicht, dass jemand von Ihnen ablehnen wird."

„Rosenheim, es gibt nicht Übersinnliches, das wir untersuchen könnten."

„Herr von Schattenberg, ob es sich um wirklich übersinnliche Phänomene handelt oder es nur Tricks sein werden, die wir entdecken, wird sich noch zeigen. Ich selbst war, wie Sie, voreingenommen und glaubte nicht. Bis man mich vor mehreren Monaten über meine neue Aufgabe in Kenntnis setzte, und ich schließlich die damals erste Angehörige unserer Gruppe kennenlernte: Crawlanasa."

„Was ist mit Ihr, Nikolai?", fragte die Dame.

„Mrs. Corel, Crawlanasa ist ein weiblicher Vampir. Sie ernährt sich von Blut, Licht verletzt sie und kann zu ihrem Tod führen. Krieger hat sie bereits kennengelernt."

„Es gibt viele Menschen, die glauben, Vampire zu sein. Sie ernähren sich von ihrem Irrglauben geleitet von Blut. Und sie bilden sich ein, Licht bereite ihnen Schmerzen, was sich soweit in ihr Unterbewusstsein geprägt hat, dass sie tatsächlich Schmerz wahrnehmen. Nichts Übernatürliches."

„Korrekt von Schattenberg. Aber wir sollen nicht Crawlanasa des Schwindels überführen. Wir sollen die

Europäische Union vor einer Bedrohung beschützen. Ich mache Sie im Folgenden mit der Bedrohung bekannt."

Der Bildschirm leuchtete einmal hell auf, bevor ein Film ablief.

„Dies ist das in der Nähe von München ansässige Gebäude der Internatsschule Hochheim. In dieser Schule befinden sich einhundertsiebenundzwanzig Schüler und Schülerinnen. Desweiteren ist dort ein Lehrpersonal von sechzehn Lehrern stationiert. Eigentlich ist dieses Internat eine normale Schule, in der Kinder nur in den Ferien nach Hause dürfen. Wochenenden müssen den Statuten nach im Internat verbracht werden. Dies ist eine absolute elitäre Lehreinrichtung, gegen die es eigentlich nichts zu sagen gibt. Vor einem Jahr vollzog in Neu-Berlin ein Student an seinem einundzwanzigsten Geburtstag Selbstmord. Sie sehen hier ein letztes Foto aus einem Familienalbum, und nun das aus der Polizeiakte. Er hat sich selbst, von Kerzenlicht beschienen, erdolcht. Eigentlich ein Vorgang, in dem nur die Polizei ermittelt. Allerdings geschahen leider weitere Selbstmorde gleicher Art von Studenten anderer Universitäten, bis heute insgesamt vier an der Zahl. Nach langen Analysen fanden wir heraus, dass es möglich ist, dass die Orte, an denen sie tot aufgefunden wurden ein

Pentagramm bilden sollen. Eine Ecke fehlt noch. Alle diese Studenten standen vor ihrem einundzwanzigsten Geburtstag. Und sie haben noch eine weitere Gemeinsamkeit."

„Sie gingen alle auf unser Internat."

'Nein. Die Polizei erkannte die nächste Gemeinsamkeit leider ebenfalls nicht. Aber einem unserer Kontaktleute fiel sie auf, und er meldete es sofort. Die Professoren dieser Studenten gingen vor knapp dreißig Jahren auf unser Internat. Der Dienst begann sofort zu ermitteln. Sie sehen im Moment die Bilder der Professoren, die sich noch immer in ihrem Lehramt befinden. Ich möchte Sie nicht mit sämtlichen Schritten der Ermittlungen langweilen, und versuche daher zu dem Punkt zu kommen, an dem wir einsetzen. Man fand heraus, dass der damalige Direktor des Internats Verbindungen zu einer Sekte unterhielt, da er mehrfach Überweisungen in Gesamtsumme von einer knappen halben Million tätigte. Kommen wir nun zu der Sekte. Ein gewisser Jalahtar Gedomi war der geistige Führer dieser Sekte und gab sich als das geborene und personifizierte Gute aus. Er verkündigte, dass alle ihm folgen müssen, auf seinem Weg, die Welt zum Guten zu führen. Und die, die nicht seinen Weg gingen, würden auf ewig verdammt sein. Er besaß zahlreiche Anhänger, die versuchten, für ihn neue anzuwerben, und die ihm allen Reichtum schenken mussten, den sie besaßen. Er vermehrte seine Gelder mit Aktiengeschäften. Mehrfach erklärte er seinen Anhängern, dass er bald sterben würde, wenn die Menschheit ihm nicht folgen würde. Und wer nicht mit ihm in den Tod ginge, würde verdammt sein und bis in die Unendlichkeit grenzenlose Schmerzen erleiden müssen. Jalahtar Gedomi verstarb vor zehn Jahren an einem tödlichen Virus. Auf seinem Krankenbett verkündigte er, dass in zehn Jahren sein bereits geborenes Korrelat, sein Gegenstück, die Macht ergreifen und alle, die ihm, Jalahtar Gedomi, nicht gefolgt waren, in den ewigen Schmerz führen würde. Seine Verkündigung geschah vor Vertretern der Medienwelt, ebenso wie sein kurz darauf folgender Tod, und eben diese Veröffentlichung führte zu dem größten Massenselbstmord in der Geschichte. Überall auf der ganzen Welt verstreut waren seine Anhänger beseelt, ihrem geistigen Führer in die gute Welt nachzufolgen, und Abertausende töteten sich, teilweise ganze Volksstämme in Afrika und zu den amerikanischen wie australischen Ureinwohnern zählende. Seine Worte waren ihnen Gesetz."

„Wo kommen wir ins Spiel? Oder besser das Übernatürliche, das ich noch nicht vorgefunden habe."

„Zwei Jahre nach Jalahtar Gedomis Tod fand man ein

Dokument, von dem es mittlerweile erwiesen ist, dass er es wirklich aufgesetzt hat. Er hat darin einige seiner düsteren Vorhersehungen niedergeschrieben, die bisher nur seinen engsten Vertrauten bekannt waren. Er sagte, der Dunkelgott, so wie er sein Gegenstück in diesem Schriftstück bezeichnet, würde kommen und die Welt langsam vernichten, wenn folgende Zeichen eingetreten sind: Der Kontinent des Westens wird in Armut versinken. Jeder weiß, wie es um die Situation in den USA steht. Er sagte, die Menschen des kleinen Erdteils werden verbrennen. Die Zahl der an Hautkrebs Erkrankten in Australien ist in diesem Jahr auf eine dramatische Zahl angestiegen. Das Land der Daten wird erschüttert. Wie Ihnen bekannt sein dürfte, wurde fast ganz Tokio am Anfang dieses Jahres von einem Erdbeben zerstört. Als vorletztes Zeichen nannte Gedomi, dass die Ärmsten der Menschen Gnade finden würden, und dass diese Ausgebeuteten frühzeitig durch eine Seuche zum Guten gerufen werden würden. Auch dieses Zeichen hat sich erfüllt."

„Der afrikanische Tod?"

„Ja, Dr. Washington, wir vermuten, dass diese afrikanische Seuche mit der Erfüllung des Zeichens gemeint ist."

„Bleibt nur noch eines der zweifelhaften Zeichen."

„Zweifelhaft sicherlich, von Schattenberg. Aber

immerhin beunruhigend und keineswegs zu unterschätzen. Vor allem, wenn uns das letzte Zeichen betrifft. Wörtlich: die Nation, die meinen Tod forderte, wird gerichtet werden, durch den letzten und größten Krieg, mit einer vernichtenden Kraft."

„Europa?", fragte Mrs. Corel.

„Die europäische Presse schrieb damals im Allgemeinen, dass die Sekte der Gedomianer als gefährlich eingestuft werden sollte, und das Zitat des damaligen Vizevorsitzenden des Europäischen Rates war, der Tod Jalahtar Gedomis sollte besser früher als später kommen. Der Dienst scheint die Situation als ernst anzusehen, ich glaube kaum, dass er uns lediglich aus Spaß abberufen hat. Vielleicht hat der Dienst den Sektenführer damals auch liquidiert. Aber es ist nicht unsere Aufgabe das herauszufinden."

„Ich glaube, an der Sache ist mehr", bemerkte Dr. Washington.

„Leider kann ich Ihnen nicht mehr mitteilen, da ich in dieser Hinsicht selber nicht gerade überinformiert bin. Aber uns ist noch bekannt, dass drei Monate, nachdem dieses Schriftstück auftauchte, eine weitere Sekte zum ersten Mal offiziell genannt wurde, die sich einfach nur als Wende bezeichnet. Wir fanden heraus, dass diese Sekte heute noch besteht, und zum Teil von Gedomianern gegründet wurde, die zum Zeitpunkt von

Jalahtar Gedomis Tod auf einen Selbstmord verzichtet hatten."

„Was verlangt der Dienst von uns, Rosenheim?"

„Herauszubekommen, ob eine Bedrohung der Europäischen Union besteht und falls ja, ob sie übernatürlicher Art ist oder nicht, und diese Bedrohung beseitigen."

„Und dazu dieses Team? Ein Priester, den die Kirche in den Untergrund schickte, da sie offiziell gegen seine exorzistische Tätigkeit vorgehen musste? Ein notorischer Pechvogel? Eine angebliche Vampirin? Würde es ein Trupp mit Agenten nicht auch tun? Wen wollen die uns noch schicken, E.T.?"

„Nein, unsere Gruppe ist eigentlich vollzählig. Von einer Person abgesehen, die heute Abend eintreffen wird."

„Und wer bitte ist das, Nikolai?", fragte der ewige Skeptiker Heinrich von Schattenberg.

„Ich hoffe, Sie sind nicht zu entsetzt, von Schattenberg, aber der Dienst hält seine Teilnahme für erforderlich. Wir bekommen noch Unterstützung von Abraham Walker, ihrem Erzfeind."

Es dunkelte bereits, die Kälte verbreitende Nacht zog auf. Langsam zogen die lebenden Bewohner der Leichenhalle in das geräumige Speisezimmer, fast jeder den Drang verspürend, Gesellschaft um sich zu wissen. Auf ihnen lastete eine Vorahnung des Kommenden, ein eisiges Gefühl.

Sie saßen unbewusst nahe aneinander gerückt um den großen ellipsenförmigen Holztisch. Das trübe, gelbe Licht der provisorisch angebrachten Deckenlampe suchte die Situation aufzuhellen. Es sprach niemand. Die Köpfe waren voller Gedanken, die sich jeder vorhin in der Einsamkeit der jeweiligen Kammer gebildet hatte.

Heinrich von Schattenberg trat ein, nachsehend, ob Rosenheim wieder zurückgekehrt war und den ungeliebten Abraham mitgebracht hatte. Dem war nicht so, Rosenheim war noch nicht wiedergekommen. Der Leiter der Gruppe hatte sie nach dem letzten Gespräch verlassen. Schattenberg trat an den Küchentresen und nahm sich eine der zahlreichen vorbereiteten Brotscheiben, die Meany vorhin geschmiert hatte. An die Küchenmöbel gelehnt biss er hinein und schaute zu der schweigenden Gruppe.

„Von Schattenberg, wer ist dieser Abraham Walker?"

Petra Corel sprach die Frage aus, die sie zuletzt bewegt hatte.

Von Schattenberg kaute einige Sekunden gedankenverloren weiter, bevor er zu einer Antwort ansetzte.

„Abraham Walker ist einer meiner größten Widersacher. Während ich versuche, Menschen aufzuklären und angebliche paranormale Phänomene zu widerlegen, ist er für seine Anhänger ein solches Phänomen. Und er unterstützt die Thesen der Leichtgläubigen noch. Er ist ein ehemaliger Sektenführer. Und obwohl er seine Sekte offiziell aufgelöst hat und seine Bindung löste, blieben seine Anhänger freiwillig in der Gemeinschaft. Sie nennen ihn auch heute noch Bischof. Abraham ist ein eindringender Charakter. Sie werden es wahrscheinlich bemerken, obwohl ich zugeben muss, selbst niemals etwas Außergewöhnliches an ihm bemerkt zu haben. Aber er scheint auf die meisten Menschen eine besondere Wirkung auszuüben. Alle fühlen sich zu ihm hingezogen und sind in seiner Anwesenheit mehr oder weniger abhängig von ihm. Und willenlos. Ich konnte dies bislang nie erklären. Ich bin allerdings überzeugt davon, dass er ein psychologisches Genie ist, und er einen Weg gefunden hat, Menschen zu beeinflussen. Wenn ich dahinter komme, …"

„Was dann?", hakte Petra neugierig nach.

„Wir sollten uns einem anderen Thema widmen. Ich reagiere immer etwas unbeherrscht, wenn es um Walker geht."

Eine Stimme löste sich aus der Schwärze, ebenso der

Körper, der den schützenden Schatten verließ um in das Licht zu treten. Sie kam geradezu aus dem Nichts.

„Sie reagieren generell ein wenig zornig, wenn Sie mit Übernatürlichem konfrontiert werden."

Heinrich von Schattenberg wandte sich der jungen Dame zu, die ihm gegenüberstand und musterte sie, seine entspannte Haltung jedoch nicht verlierend. Im Licht der Küche ließ sie sich verhältnismäßig gut betrachten. Sie trug einen dunklen Pullover, er schien handgestrickt zu sein, dazu eine schwarze, eng anliegende Jeans. Sie schritt lediglich barfuß. Aber das auffallendste Detail an ihr war, neben der absolut hellen, nahezu weißen Hautfarbe, die Sonnenbrille mit undurchdringlichen schwarzen Gläsern, welche sie trug.

Er spürte rein gar nichts, als er sie so betrachtete. Nachdem er sie gemustert hatte, ließ er seinen Blick über die Runde gleiten. Die anderen starrten ebenfalls in die Richtung der überraschend Eingedrungenen, sie schienen ein wenig ängstlich erregt.

Bei dem Soldaten namens Vern Krieger, der am Tisch vor einem großen Teller mit mehreren Brotschnitten gesessen hatte, bildeten sich auf der Stirn Schweißtropfen. Schattenberg nahm sich vor, das Verhalten von Vern in Bezug auf, wie hatte Rosenheim sie genannt, Crawl, näher zu betrachten.

„Übernatürliches? Es stellt sich die Frage … nein, eigentlich stellt sie sich nicht. Übernatürliches gibt es nicht, junge Dame. Und testen Sie gar nicht erst aus, mir weismachen zu wollen, dass Sie ein Vampir sind."

„Ich verspüre Ihren Unglauben. Ich verspüre das Fehlen Ihrer Aura. Sie sind ein Mensch der emotionalen Logik. Sie sind erregbar, wenn etwas gegen den Verstand spricht. Ein Paradox, nicht wahr? Wie können Sie erregbar sein, wenn Sie doch eigentlich nur logisch handeln wollen?"

„Ich lehne nicht die Emotionen ab, sondern den Glauben an Übernatürliches. Zwei Dinge, die man nicht verwechseln sollte, junge Dame."

„Ich ernähre mich von Blut. Licht schadet mir."

„Dazu habe ich bereits Stellung bezogen, aber Sie haben an dem Gespräch leider nicht teilgenommen. Ich sprach von der Einbildung, die es Sie als real ansehen lässt. Psychologische Wahnvorstellungen können sich sehr wohl manifestieren. Und der Schmerz durch Licht ist eine durchaus bekannte, wenngleich auch sehr seltene Krankheit."

„Und was ist damit?"

Mit dynamischen und kraftvollen Schritten, die man der schmalen, zarten Figur nicht zugetraut hätte, lief Crawl zu der Seite des Tisches, an der Krieger saß. Die Augen des Soldaten waren auf seinen Teller gerichtet, bis sie ihn ansprach. Da schwebte sein Blick langsam in ihre Richtung.

„Dein Kreuz. Gib es mir. Leg es in meine Hand."

Krieger blickte sie zögerlich an, doch als sie ihm bestätigend zunickte, entnahm er das Kreuz aus der Hemdtasche der Uniform an seiner Brust. Sie zuckte lediglich einmal, als er es ihrem Blick freigab.

„In meine Hand."

Ihre rechte Hand hielt sie ihm ausgestreckt entgegen. Im Gegensatz zur gestrigen Nacht bemerkte er nun die für eine Frau recht knappen, schwarz lackierten Fingernägel, als sie die Hand zu ihm bewegte. Er veränderte die Stellung seines Armes, und das Kreuz baumelte nun an der gerissenen Kette über ihrer geöffneten Handinnenfläche.

Mit einem Zucken ließ er es herabfallen, das Zeichen des Herrn, Jesus Christus. Das geweihte und heilige Symbol tat seinen Dienst bei der Berührung eines ruchlosen Körpers, in dem ein verfluchter Geist sein Dasein fristete, es brannte sich unter Aufsteigen von kleinen Rauchsäulen in das Fleisch der nächtlichen Jägerin ein, sie vergab kein Wehklagen.

Nach kurzer Zeit zog sie ihre Hand schnell beiseite, und das himmlische Zeichen fiel zu Boden, nichts Ungewöhnliches an ihm bemerkbar. Crawl trat erneut zu Heinrich von Schattenberg und reckte ihm die gezeichnete Handfläche entgegen.

„So wie das Zeichen für mich unbedeutend ist, denke ich auch über dieses Beispiel. Ein Trick", befand er lapidar. Schattenbergs Haltung hatte sich nicht geändert.

„Was für ein Trick sollte dies sein? Oder habe ich etwa in diesem Fall wieder eine seltene Krankheit?"

„Im Augenblick ist mir die Art und Weise nicht bekannt. Aber nur weil ich die logische Erklärung noch nicht kenne, muss ich nicht von vornherein die Tatsache ablehnen, dass es eine logische Erklärung gibt."

„Sie werden niemals glauben."

„Korrekt. Ich stamme aus einen langen Dynastie Ungläubiger. Ich bin meinem Stammbaum dankbar, dass wir alle kritisch erzogen wurden und die allgemeinen Gesetze der Natur anerkennen können. Wir, die von Schattenbergs, brauchen keine Überwelt um denken zu können. Ich hoffe immer noch, dass dies eines fernen Tages allen Menschen so geht."

„Eine Welt ohne Glauben?"

„Eine Welt der Hoffnung ohne fragwürdige religiöse Ansichten. Eine Welt wahren Friedens. Und voller Menschlichkeit."

„Wer sind Sie nur, Heinrich von Schattenberg?"

Crawlanasa sagte dies mit der Stimme eines gequälten

Wesens, dessen Existenz man verleugnete.

„Ich bin ein Höllenjäger. So nennt man die von Schattenbergs seit langer Zeit. Die Bezeichnung ist nur eingeschränkt zutreffend, da ich gegen das Böse in Form von Leichtglauben kämpfe, Gedanken an Hölle und Himmel jedoch verwerfe."

„Aber ich existiere. Doch ich lebe nicht. Mein Herz schlägt nicht im Takt der Lebenden. Mein Blut pulsiert nicht beseelt."

„Vielleicht klärt sich auch Ihr Dasein einmal auf. Bis dahin müssen wir auf eine Erklärung warten."

„Eine Erklärung?", breitete sich eine neue, sehr charismatische Stimme in dem Raum aus.

„Wofür benötigt Ihr eine Erklärung, teurer Freund? Ich fühle in jedem Winkel meines Körpers ihre Gier nach Blut", bemerkte die Stimme weiter.

Der gerade eingetretene Mann, er wirkte Mitte dreißig, wurde zum einzigen Quell des Lebens für die Anwesenden. Er war der Sog der Menschheit, der Gegenpol der Gefühle. Er war das alleinige Licht für die Menschen. Sie waren gefangen in den Tiefen seiner Seele, eingebunden in seine Gedankenkraft, sie gehörten geradezu ihm. Er war Abraham Walker, gefolgt von Nikolai.

Und es gab nur zwei Personen, die seiner betörenden Macht nicht zum Opfer fielen. Heinrich von

Schattenberg, dessen Sinne diese hereinbrechende Woge nicht empfingen und Nikolai Rosenheim, dem es ebenso erging. Die zwei hätten nichts bemerkt, wären sie nicht Zeugen der Verzückung der anderen geworden.

Die Gruppe am Tisch lauschte den vergangenen Klängen Walkers Stimme, versuchend, die Töne niemals wieder zu vergessen. Crawlanasa schritt anmutig zu dem Neuankömmling und umfasste seine Wangen. Abraham lächelte sie freundlich an, er spürte ihre Aura. Ihre Mundwinkel zuckten mehrfach, erregt, sie spürte die Sehnsucht stärker als je zuvor. Ihre Hände drückten den Kopf Walkers mit unbändiger Kraft zurück, ihr Kiefer schnallte nach unten, und die spitzen Zähne suchten sich in ihr Opfer zu schlagen.

„Crawlanasa!"

Rosenheims barsche und befehlende Stimme schlug sie und riss ihre Instinkte zurück. Crawlanasa hielt inne. Und als wenn ihr bewusst wurde, was sie fast getan hätte, wich sie einige Meter von Abraham Walker zurück. Der freundliche Mann lächelte sie lediglich an. Rosenheim wandte sich an die Gruppe.

„Nun, wie Sie vielleicht merken, ist Abraham ein sehr einnehmender Charakter."

Walker trat weiter in den Raum hinein, und während er sprach, lösten sich die Fesseln der anderen allmählich, so als wenn er ihnen den eigenen Willen zurückgab.

„Einen wunderschönen und gesegneten Abend, verehrte Damen und Herren. Mein Name ist Abraham Walker. Von Schattenberg hat Ihnen bestimmt bereits einiges über mich berichtet."

„Ich sprach eine Warnung aus", sagte Heinrich kühl.

„Eine Warnung vor mir? Heinrich, was haben Sie eigentlich gegen mich? Nun kennen wir uns bereits so lange. Sie sollten doch wissen, dass ich niemals Böses an Mitmenschen verrichtete."

„Sie haben sie ausgenutzt."

„Meine Anhänger sind mir gefolgt, vollkommen freiwillig. Und ich habe ihre Lebenssituation keineswegs verschlechtert, im Gegenteil."

„Das sehe ich anders."

„Ich denke in diesem Punkt werden wir uns stets widersprechen. Aber ich wollte das herrschende Streitgespräch keineswegs unterbrechen. Sie haben gerade mit unserer hübschen Blutsaugerin gesprochen."

Crawlanasa blickte auf Walker, und in dem Moment, in dem er das an sie gerichtete Kompliment aussprach, strich ihre Zunge erwartungsvoll über ihre Oberlippe. Etwas an Walker weckte ihre Gier mehr, als je ein potentielles Opfer zuvor. Krieger schien dies zu bemerken. Schließlich mischte er sich in das Gespräch ein.

„Das Kreuz brannte sich in Ihre Haut. Warum wirkte es nicht, als …"

Man merkte ihm deutlich an, dass ihm in diesem Augenblick bewusst wurde, Peinlichkeiten öffentlich zu machen. Er verstummte mitten im Satz, Crawlanasa antwortete ihm trotzdem, die Augen nicht ein einziges Mal von Abraham abwendend.

„Etwas Heiliges auf meiner Haut verbrennt diese, doch es hängt auch von dem Träger ab. Angst wirkt sich negativ auf den Schutzmechanismus aus, ebenso ist der Grad des Schutzes abhängig vom Glauben des Anwenders."

Rosenheim mischte sich ein.

„Crawlanasa meint, jemand wie Krieger, ein normal gläubiger Mensch, der zudem noch Angst verspürt, kann sie auch mit effektiven Symbolen nicht aufhalten. Jemand wie unser Priester ist in der Lage sie zu töten, wenn er heilige Symbole gegen sie einsetzt."

Crawlanasa schien seine Worte nicht gehört zu haben, und absolut unmotiviert erhob sie erneut ihre Stimme, während ihr Blick, lediglich erkennbar durch die Richtung, in die ihre Brillengläser zeigten, weiterhin bei Walker hing.

„Ich werde jetzt jagen."

„Essen Sie doch erst mit uns einige Käsebrote",

bemerkte von Schattenberg sarkastisch, doch die Jägerin schien seinen Tonfall nicht zur Kenntnis genommen zu haben.

„Ich brauche etwas Lebendes."

Sie verschwand eiligst durch die Tür, ihre Silhouette im Schatten verschwindend.

Rosenheim schaute, belustigt über ihre Reaktion gegenüber Walker, hinter der Gestalt her. Danach setzte er sich zu den anderen an den Tisch. Abraham Walker gesellte sich neben von Schattenberg an die Küchentheke. Rosenheim räusperte sich kurz, obwohl niemand gesprochen hatte, bevor er begann.

„Nun sind wir also vollzählig. Ich möchte noch einmal kurz sagen, was ich von dieser Gruppe erwarte. Dazu eine knappe Erklärung. Der Dienst wollte unsere Gruppe deutlich größer gestalten, und zwar mit einer stattlichen Anzahl an einsatzfähigen Männern wie Krieger, sie wollten eine schlagkräftige Truppe. Ich lehnte ab und schaffte es mich durchzusetzen. Ich möchte gezielte Ermittlungen sehen. Ich bin der Auffassung, dass wir keinen Soldaten benötigen. Aber der Dienst bestand zumindest auf einen, sicherheitshalber. Vern, damit möchte ich keineswegs Ihren Status schmälern. Sie sind Teil der Truppe und bleiben es. Ich möchte damit sagen, wir werden beobachten, analysieren und unsere Schlüsse ziehen, um ganz am Ende schließlich kontrolliert handeln zu können. Ich habe mir bereits Gedanken über unsere Vorgehensweise gemacht, und werde Ihnen diese nun mitteilen. Ich möchte an mehreren Fronten zugleich ermitteln. Mit Heinrich von Schattenberg und Doktor Washington würde ich gerne zusammen die globalen Ausmaße der Prophezeiung analysieren. Dazu habe ich einige Reisen geplant. Crawlanasa hat, wie sie mir sicherlich bestätigen werden, die Statur eines jungen Mädchens. Ich denke, sie lässt sich gut innerhalb des Internats Hochheim einsetzen, wo sie für uns auf Spurensuche gehen wird. In Gedanken an Meany finde ich es richtig, ihn in die einzige Universität zu schicken, welche die fehlende Ecke darstellen kann. Der Dienst meldete mir, dass der dortige Professor ebenfalls in Hochheim zur Schule ging, und da pro Universität nur ein Selbstmord geschah, versteht sich der Grund meiner Überlegungen. Abraham, Priester Beernheim und Sie, Petra Corel, halte ich für geeignet, auf die Spuren der involvierten Sekte zu gehen. Bleiben nur noch Sie, Vern. Ehrlich gesagt habe ich keine Verwendung für Sie. Trotz allem werden Sie sicherlich nicht den Drang verspüren, weiterhin Wachdienst in der Leichenhalle zu schieben, oder?"

Still schüttelte Krieger den Kopf, als er wahrnahm, dass dies keine rhetorische Frage war, sondern

Rosenheim eine Antwort erwartete.

„Gut. Ich möchte Sie gleich einmal unter vier Augen sprechen, Krieger, dann machen wir uns Gedanken, wo wir Sie einsetzen. Möchte jemand von Ihnen noch Anmerkungen zu der von mir gemachten Vorgehensweise machen?"

Man merkte es Rosenheim an, dass er gewohnt war, die Führung zu übernehmen und sich durchsetzen konnte. Er war eine Führungspersönlichkeit. Und er besaß eine überdurchschnittliche Lebenserfahrung dank seiner langjährigen und zahlreichen Diensteinsätze. Niemand hatte einen Einwurf.

„Dann sollten Sie sich ausruhen. Wir werden morgen in aller Frühe beginnen. Und sollten die sich gegen uns stellenden Mächte wirklich von übernatürlicher Natur sein, müssen wir mit allem rechnen, dass sie einsetzen könnten um uns von vornherein zu behindern. Also, passen Sie ab sofort immer auf sich auf. Ich möchte übrigens nicht, dass jemand von Ihnen heute Nacht die Halle verlässt. Dieser Friedhof ist in der Dunkelheit ausschließlich Crawlanasas Revier. Krieger, folgen Sie mir."

Sie standen einander gegenüber, Krieger an den Wandschrank in seinem kleinen Zimmer, Nikolai gegen die weiß gestrichene Wand gelehnt. Rosenheim ergriff das Wort.

„Vern, ich möchte ehrlich zu Ihnen sein. Sicherlich haben Sie sich bereits gefragt, warum Sie diese Halle letzte Nacht bewachen mussten. Die Antwort ist verhältnismäßig einfach, ich habe bislang gelogen. Ich wollte, dass es so geschah wie es geschehen ist. Dass heißt, ich wollte lediglich, dass Sie Crawl auf diese Weise kennenlernen, um zu erfahren, wie Sie auf sie reagieren und andersherum. Auch Crawl wußte nicht, dass ich es voraussah. Ich denke, es war das Beste so. Ich habe nämlich eine Aufgabe für Sie, Vern. Wenn Crawl tagsüber verdeckt im Internat für uns arbeitet, wird Sie nachts nicht jagen können, beziehungsweise erschöpfter als sonst sein. Ich benötige jemanden, der zum Einen auf Crawl aufpasst, und der sie zum Anderen bei Bedarf mit Nahrung versorgt. Vor allem jemanden, der mit ihr in direktem Kontakt steht. Vern, ich verlange von Ihnen, dass Sie mit Crawl ein Team bilden. Schaffen Sie das?"

Es gab nur eine Antwort, die der Soldat geben konnte und würde.

„Ja."

„Ich vertraue Ihnen, Vern. Sie werden es nicht leicht haben, denn der Umgang mit Crawl ist nicht einfach. Manchmal ist sie ein harmloses, verspieltes kleines Mädchen, dann wieder eine aggressive junge Frau.

Beschützen Sie Crawl, denn es gibt Situationen, von denen ich hoffe, dass sie nicht eintreten, in denen Crawl sich nicht selbst verteidigen kann. Ich danke Ihnen, Vern. Schlafen Sie sich aus. Am Besten wäre es, Sie schlucken diese Tablette."

Vern ließ sich die runde Pille geben und führte sie zum Mund.

„Ja, Herr Rosenheim."

„Nennen Sie mich bitte Nikolai."

Heinrich von Schattenberg legte seine Kleidungsstücke recht ungeordnet auf die Kommode in dem Raum, wie man es bei ihm eigentlich nicht erwartet hatte. Der bereits gereifte Mann schaltete das Licht aus und warf sich auf das unbequeme Bett. Dies störte ihn nicht, er hatte erst kürzlich unter schlechteren Bedingungen geschlafen.

Er dachte nicht weiter über das Erlebte nach, denn für ihn war am heutigen Tag nichts außergewöhnlich. Er drehte sich auf die Seite. Nach dem Schließen der Augenlider fiel er relativ schnell in einen tiefen Schlaf, ohne vorher ein Nachtgebet gesprochen zu haben, seine Lungenflügel hoben und senkten sich in einem langsamen Takt.

Die Nacht holte ihn ein. Mittlerweile wirkte die Leuchtkraft des Mondes sehr schwach, Wolken hatten sich vor die himmlische Scheibe geschoben. Von Schattenbergs Atem ging schneller, immer schneller, sein Herz pulsierte. Etwas beunruhigte ihn, überfiel ihn im Schlaf. Sie kamen. Die Träume.

Unerwartet und neu, nie zuvor da gewesen. Er erwachte. Heinrich drehte sich um. Er blieb entspannt, obwohl ihm ein Teil seines Inneren zu sagen schien, dass etwas anders war, als es sein sollte. Irgendein Detail stimmte nicht. Er hörte es. Grausige Geräusche aus Alpträumen. Aber er war doch wach.

Von Schattenberg schlief nicht mehr. In seinem Ohr klangen schlurfende Schritte auf feinem Kies. Schritt für Schritt, Klang für Klang, ohne Umschweife in sein Ohr. Heinrich sah sich im Zimmer um, sehen konnte er nicht, die Schwärze war zu intensiv. Die Töne kamen aus dem Nichts, hier im Zimmer befand sich weder Kies, noch jemand, der darauf lief.

Heinrich von Schattenberg stand auf und tapste im Dunkeln zum Lichtschalter, welchen er betätigte. Die Geräusche erloschen. Heinrich ließ seinen Blick über die vier Wände schwenken, und ein Lächeln umspielte seine Lippen. Er ließ sich nicht irreleiten. Er deckte jeden Trick auf, auch wenn dies manchmal einen Haufen Zeit kostete. Heinrich ging zur Kommode und kleidete sich an. Er würde der Sache auf den Grund gehen.

Geräusche von Schritten auf Kies. Es erinnerte ihn an bereits gehörte Geräusche, auf dem Weg in diese ehemalige Aufbewahrungshalle für Tote. Der mit Kies bedeckte Weg. Heinrich war angekleidet, und er verließ sein Zimmer. Es war kalt, bereits im Flur konnte er die Kälte spüren, seine Körperbehaarung stellte sich auf.

Von Schattenberg zog den Reißverschluss an seiner Jacke ein wenig höher, so dass sich der Kragen aufstellte und verließ das Gebäude, die nächtliche Umgebung betretend. Er blieb für einen Augenblick reglos stehen, bis sich seine Augen zumindest soweit angepasst hatten, dass sie das Restlicht in ausreichender Intensität aufnehmen konnten. Keine unnatürlichen Geräusche. Nur der umherziehende Wind, Geräusche von entfernten Vögeln und anderen Tieren, knackende Zweige aufgrund der Zugluft.

Doch Heinrich von Schattenberg verspürte den geerbten Jagddrang seiner Vorfahren. Etwas stimmte nicht, nichts Unheimliches, aber etwas Merkwürdiges. Und er wollte nicht eher aufgeben, bis er zumindest weitere Anzeichen dafür gefunden hatte. Es war das Jagdfieber der Wahrheit.

Langsam, die Hände tief in den Jackentaschen vergraben, wanderte er los, über den verlassenen, einsamen und von Toten bewohnten Friedhof. Nichts störte seine unerschütterliche Ruhe. Nicht ein Anflug von Unbehagen erfüllte seinen Körper. Auf seinem mitternächtlichen Spaziergang war er die Ruhe in Person.

Plötzlich vernahm er es wieder, diesmal nicht in der Höhle seiner Ohrmuschel, sondern deutlich entfernter, vor ihm. Er legte einen Schritt zu und verließ den Weg um parallel zu ihm auf dem Rasen zu laufen, dies verursachte weniger Geräusche seinerseits. Er wollte nicht unbedingt gehört werden. Aber er wollte herausfinden, wer die Ruhe der Toten störte.

Sein Verstand sagte ihm, dass dies nicht die angebliche „Vampirin" Crawlanasa sein konnte. Die würde keine Geräusche verursachen, wenn sie wirklich der Überzeugung nachging, jagen zu müssen. Von Schattenberg sah entfernt auf dem Weg eine Kontur, die jedoch verschwand, wenn er nicht weiter lief. Der Verfolgte bewegte sich folglich auch.

Heinrich eilte weiter, diesmal eine Richtung schräg zum Hauptweg einschlagend, da sich in seiner Erinnerung eingeprägt hatte, dass der Hauptweg in knapper Entfernung eine Biegung machte. Heinrich würde es somit gelingen, dem nächtlichen Wanderer den Weg abzuschneiden.

Er stieg rasch über etliche Grabsteine, wahrscheinlich Verwüstung hinterlassend, aber wer sollte ihm dies schon zu Lasten legen, etwa die Toten? Seine Puste versagte, die jungen Jahre waren vorbei und an ihm ebenso wenig ohne Spuren vorbeigegangen, wie an anderen Menschen seines Alters, obwohl er die meisten in Ausdauer und Kraft schlagen konnte.

Hastig nach Sauerstoff schnappend, mühsam versuchend, dabei keine Geräusche zu verursachen, kniete er in dem weichen Erdboden einer Ruhestätte und harrte der kommenden natürlichen Dinge. Tapsende Schritte auf dem Kies. Einer nach dem anderen. Ein wenig schlurfend. Nicht der normale Gang eines Menschen. Zu langsam, zu undynamisch. Nahezu leblos.

Er konnte die Gestalt nun durch die Hecke sehen. Ihre Konturen wuchsen aus den Nebelschwaden, die sich in den letzten Minuten plötzlich gebildet hatten. Im Verlauf der Zeit, und mit dem Näherkommen der Gestalt wuchs daraus die Form eines Menschen. Aber da war noch etwas. Die Figur trug etwas. Ein großes Objekt.

Es zeichnete sich deutlicher ab. Eine dunkle, langsam gehende Person, die ein großes Bündel in den Armen vor der Brust hielt. Ein großes Bündel. So groß wie ein Mensch. Die Gestalt hatte von Schattenberg beinahe erreicht.

Jetzt. Sie schritt vorüber. Ein lebloser Blick. Nicht auf den Weg ausgerichtet, sondern in die Ewigkeit schauend. Von Schattenberg wußte, dass es an der Zeit war, zu intervenieren. Er richtet sich auf und trat auf den Weg im Rücken der Gestalt, die Kieselsteine unter den Schuhen knirschend. Totenstille. Als hätte die Welt den Atem angehalten um seinen Worten zu lauschen. Den furchtlosen, weltlichen Worten eines wahren Realisten.

„Bleiben Sie stehen!"

Keinerlei Reaktion. Weiterhin die schlurfenden Schritte. Einer nach dem anderen. Heinrich von Schattenberg schritt beherzt weiter, schnell genug um den Angesprochenen rasch zu erreichen. Er streckte seinen Arm aus und riss die Figur herum. Schattenberg blickte in zwei schwarze Höhlen. Das Bündel fiel mit einem dumpfen Aufprallgeräusch in den Kies. Die Schritte waren verklungen.

„Wer sind Sie?"

Von Schattenberg wurde nicht geantwortet. Aber mit einem Mal empfand er, wie kühle und zahlreiche Hände ihn von hinten ergriffen und wegzogen. Mit einem Ruck, dem er nichts entgegenzusetzen hatte, verlor er die Balance und fiel rücklings. Heinrich sah sich zügig um. Er sah niemanden, nur die Gestalt in seiner Front. Reglos. Leblos. Abrupt den Arm bewegend, um damit Folgen auszulösen, die der Höllenjäger nicht erahnen konnte. Und niemals erleben sollte.

Ein Schatten erschien in seinem Blickfeld. Eine kauernde Figur, die aus der gebückten Stellung in einen langen kraftvollen Sprung überging. Dabei warf sie, in der Dunkelheit als gewaltige Klauen auszumachende Gebilde, zur Seite, die im letzten Moment des Sprunges gegen die schreitende Gestalt vorstießen. Heinrich von Schattenberg richtete sich rasch auf und war innerhalb von Sekunden beim Ort des Geschehens.

Die nächtliche Jägerin hatte ihr Opfer besiegt, ein Toter lag unter ihrem erregt zitternden Körper. Wen immer Heinrich vor sich gehabt und was diese Person ihm anzutun versucht hatte, Crawlanasa hatte den Eindringling ihres Jagdreviers dahin geschickt, wo er hergekommen war. In das Reich der Toten. Sie stöhnte enttäuscht auf. Heinrich kniete nieder, auf die zum Teil spitzen Steine und blickte sie aufmerksam an.

„Was ist?"

Sie drehte ihren Kopf langsam, und er konnte ihre zu einem Schlitz verformten, gefährlich glitzernden Pupillen trotz des fahlen Lichtes gut erkennen.

„Kein Blut."

Heinrich blickte herunter auf den Toten, und unter dem allwissenden Blick des Mondes, den die Wolken in diesem Moment freigaben, sah er die kalkweiße Haut. In diesem Mann floss schon lange kein Blut mehr.

Rosenheim senkte den Kegel der Taschenlampe auf den Toten, den Heinrich beobachtet hatte, und er ließ den Lichtschein, der sich durch die Schwärze kämpfte über den Weg auf das reglose Bündel gleiten.

„Ein Toter hat einen Toten getragen."

„So sah es zumindest aus. Ich wette, dahinter steckt etwas anderes, Rosenheim."

„Nikolai, einfach nur Nikolai. Ob dies nun paranormal oder erklärbar ist, auf jeden Fall war es eine Falle, die speziell Ihnen galt, von Schattenberg."

„Nennen Sie mich bitte Heinrich, Nikolai. Ich teile Ihre Meinung."

„Crawlanasa hat Sie gerettet."

„Ja. Wenngleich ich mich vielleicht selber hätte wehren können. Ich weiß es nicht. Trotzdem bin ich Ihr dankbar. Leider verschwand sie ja, nachdem ich mit Ihnen zurückkehrte, Nikolai."

„Oh, sicherlich ist Crawl ganz in der Nähe. Sie ist ein Geschöpf der Nacht. Ich werde später mit Ihr sprechen."

„Sollen wir dies den anderen zeigen?"

„Morgen. Morgen früh. Jetzt lassen wir die anderen besser schlafen, ich möchte am morgigen Tag alle ausgeruht wissen."

„Dann lassen Sie uns die Leichen sicherstellen."

„Wir werden von den Untersuchungen an den Toten

nichts haben. Ich bin mir sicher, es sind zwei Verschiedene, die aus der neuen Leichenhalle dieses Friedhofes entschwunden sind. Es wird vermutlich besser sein, wir ignorieren den Vorfall, jemand will uns lediglich aufhalten."

„Sie sind ein guter Mensch, Nikolai. Sie konzentrieren sich auf das Wesentliche."

„Ist dies nicht die Vorgehensweise Ihrer Familie? Sich auf das Wichtige zu konzentrieren? Die Schatten verjagen um alles ins Licht zu stellen?"

„Verklärungen aufheben ist unsere Pflicht. Es gibt nichts Übernatürliches", erklärte von Schattenberg.

„Ich bin mir da ganz und gar nicht mehr sicher. Gehen wir, der Morgen liegt noch in der Ferne. Crawlanasa wird die Leichen für uns wegräumen. Sie würden überrascht sein, wenn Sie ihre Kraft kennen würden."

„Bislang gab es nichts, was mich wahrlich überrascht hat. Aber mein Leben ist weiterhin lang."

Der Morgen graute und begann mit einem ausgedehnten Frühstück, nachdem die Teilnehmer an den zwei aufgebahrten Toten in der Trauerhalle vorbei gegangen waren. Nur Crawlanasa, Rosenheim und Dr. Dexter Washington fehlten bei diesem gemeinsamen Essen, die beiden letzteren untersuchten die Toten. Rosenheim wartete geduldig auf Washingtons Urteil.

„Es sind ganz normale Tote. Die Todesursache auf den Papieren, die sie gerade besorgt haben, stimmt mit den tatsächlichen überein. Es sind die zwei fehlenden Leichen aus der anderen Leichenhalle. Ich kann kein außergewöhnliches Merkmal finden."

„Danke, Doktor. Ich habe mit nichts anderem gerechnet."

Der von seiner Kirche inoffiziell berufene Satansaustreiber trat ein und gesellte sich zu den zweien. Der weiße Kragen schob sich unter dem dunklen Pullover hervor.

„Sie sind unheilig."

„Wie bitte? Können Sie mir das näher erklären, Priester?", bat Rosenheim freundlich.

„Ich bin ein Kleriker im Kampf gegen das Böse auf dieser Welt. Nicht das versteckte Böse im Menschen, sondern das freie, das existierende, das personifizierte Böse. Und ich wurde bereits oft damit konfrontiert. Ich spüre es hier. Diese Toten sind unheilig. Sie wurden berührt vom Bösen. Die seelenlosen Körper sind verdammt. Vom Willen des Antichristen geleitet. Ich beschwöre Sie, lassen Sie mich diese Toten in die Herrschaft Gottes führen.'

Doktor Dexter Washington blickte ein wenig unsicher, er lehnte die Thesen des Paranormalen nicht ohne Untersuchungen ab, aber er hatte seinen Weg noch nicht gefunden. In allem, was Übernatürliches anging, war seine Meinung nicht gefestigt, und er schwankte zwischen pro und contra. Daher hatte er auch damit begonnen, verschiedenste paranormale Aktivitäten mit wissenschaftlichen Methoden zu analysieren.

Es war für ihn eine Berufung, endlich einen Beweis für die Existenz von übernatürlichen Erscheinungen zu finden. Rosenheim nickte Michael Beernheim zu. Der Geistliche sollte tun, was er für richtig hielt. Beernheim trat vor das Fußende der aufgebahrten Leichen und schlug die Bibel auf, die er wie immer bei sich trug. Sie war seine Waffe, sein Schutzwall. Und sie war die Verbindung zur göttlichen Allmacht.

Die goldenen Seiten waren mit Hand zu einem Buch gebunden worden, und der ehemalige amtierende Papst persönlich hatte dieses heilige Buch gesegnet, so dass es für Beernheim im Wert ins Unermessliche stieg.

Doch irgendwas an diesem Buch war anders. Zumindest hatte Rosenheim die Worte, die Beernheim aus seiner Bibel zitierte, niemals gelesen. Nicht einmal als Kind, als er zuletzt ein solches Buch, das Buch der Bücher, in Händen gehalten hatte.

Beernheim las die altaramäische Fassung vor, und die Macht der Worte dieses Buches war enorm. Es handelte sich um zum Teil später von der Kirche entfernte Passagen. Auf dem Boden aus Steinplatten der Anhöhe in der Trauerhalle begannen die Aufgebahrten gleichmäßig zu zittern, der Rhythmus stieg langsam an. Beernheim schlug das Buch zu und begann einen klingenden Singsang, und eine unbekannte Sprache erhob sich leise in dem hallenden Raum. Beernheim lief, den letzten Ton anhaltend, zwischen die Seelenlosen und kniete nieder. Sein Gesang verstummte, und er machte ein Kreuzzeichen.

Im Namen des Vater, des Sohnes und des Heiligen Geistes. Die übermächtige Bibel in beiden Händen fest ergriffen, senkte er sie nacheinander auf die Toten nieder, ihre Stirn berührend. Nach dem göttlichen Kontakt hörte das Zittern auf, und Beernheim erhob sich wieder.

„Sie haben ihren Frieden, welchen der Sohn Gottes verkündet hat, und für den er gestorben ist."

Hinter ihrem Rücken schloss sich die Tür, die in die Küche führte.

Crawlanasa betrat in der morgendlichen Helle die gemeinschaftliche Küche und klappte die Tür hinter sich zu. Sie trug einen dicken, wollenen Pullover, ebenso schwarz wie der des Pastors. Erneut die Jeanshose, diesmal schwarze Schuhe mit hohen Sohlen. Es ließ sie einige Zentimeter größer erscheinen. Verblüffend war die Selbstverständlichkeit, mit der sie durch das Licht schritt.

„Sie machen Fehler beim Spielen ihrer Rolle, junge Dame. Sie tragen keine Sonnenbrille. Sind Sie etwa genesen?"

Crawl blickte von Schattenberg an, seinen eindringlichen Blick mit Leichtigkeit erwidern. Er sah nicht die Pupillen der gestrigen Nacht, sondern die Augen einer jungen Frau.

„Ich muss Sie enttäuschen, von Schattenberg. Aber leider ist es keine Krankheit an der ich leide, zumindest keine heilbare. Dr. Washington hat zu meinem Glück, und zur Vereinfachung meiner kommenden Aufgabe eine stark tönende Kontaktlinse entwickelt, die ich trage. Es funktioniert. Ich muss lediglich aufpassen, dass meine Haut nicht zu viel Sonnenstrahlung empfängt, daher die dicke Kleidung."

„Aha, sehr aufschlussreich."

Heinrich von Schattenberg wirkte keineswegs befriedigt von ihrer Antwort. Crawlanasa trat zum kleinen Fenster der Küche und schaute verträumt hinaus, während Petra Corel aufmerksam den Worten Walkers lauschte, der eine private Unterhaltung mit ihr führte.

„Ich hörte schließlich mit der Leitung unserer religiösen Gruppe auf, da ich den Drang nach neuem verspürte. Meine Anhänger waren tief enttäuscht, aber sie sind mir stets treu geblieben, auch in der heutigen Zeit."

Er hatte nicht die Wirkung des gestrigen Abends auf Corel, dennoch spürte sie eine starke Zuneigung, welche sie sonst niemals Fremden entgegenbrachte.

„Was predigten Sie?"

„Oh, ich predige nicht. Nicht direkt. Ich sammelte die Mitglieder durch zahlreiche persönliche Kontakte mit Menschen meiner Umgebung. Nahezu jeder, dem ich begegnete, wollte mir nachfolgen, auch wenn ich nur kurz mit der betreffenden Person gesprochen habe. Ich wußte damals nicht, woran es lag. Und vielleicht habe ich einen Fehler begangen, als ich zuließ, dass meine Anhänger wichtige Entscheidungen ausschließlich mir überließen. Ich war jung und unreif. Jetzt weiß ich von meiner Macht über andere Menschen, und in gewissem Maß kann ich diese Kraft kontrollieren. Ich kann sie gezielt auf Menschen anwenden, oder soweit drosseln, dass andere mich zwar als einen angenehmen Charakter empfinden, mir aber nicht untertänig werden und den eigenen Willen verlieren."

„Sie besitzen eine der seltensten Fähigkeiten, die mir jemals untergekommen ist, Abraham."

„Meine Freunde, dass heißt, eigentlich weiß ich nicht, ob sie meine Freunde sind oder mir nur unabsichtlich Freundlichkeit entgegenbringen, nennen mich Bischof.

Ich würde mich aber freuen, wenn Sie mich Abe nennen.""

„Gern, …. Abe. Ich werde mit Vorliebe Pete genannt. Wenn Sie es wünschen …""

„Natürlich. Pete. Es gefällt mir. Pete. Was machen Sie so, Pete?""

„Ich war Reporterin. Für die Europian Newslab. Ich bekam irgendwann die Sparte für Unheimliches, dass veränderte mein Leben dramatisch. Es weckte lang schlummernde Kräfte. Ich schrieb das Buch ‚Düstere Zukunft'.""

„Es tut mir leid, aber ich habe es nicht gelesen. Ich lese ungern. Ich denke, man lernt mehr durch Kontakte mit Menschen. Aber wovon handelt Ihr Buch?"", fragte Walker interessiert.

„Ich habe die endgültige Vernichtung der Welt durch die übernatürlichen und für viele Menschen unvorstellbaren Urkräfte beschrieben. Ein entsetzliches Szenario, dass viel Missfallen hervorgerufen hat.""

„Besitzen Sie eine blühende Phantasie?""

„Ich sehe. Nicht nur mit den Augen. Ich bin ein Medium, wie ich durch Kontakte zu geistig orientierten Menschen erfahren habe. Mich überkommen überfallartig Visionen. Manchmal kommunizieren Tote mit mir, während ich schlafe. Sie sprechen zu mir, erklären mir Dinge. Manchmal erfahre ich Schönes, manchmal Grauenvolles, so dass ich schweißgebadet erwache. Manchmal Banales. Meine Urgroßmutter, sie verstarb am Tage meiner Geburt, erklärte mir vor Jahren in einem Traum das Rezept für einen Kuchen, den nur sie in unserer Familie backen konnte. Ich überraschte und entsetzte damit alle meine Verwandten, als ich ihn zum Geburtstag meiner Mutter backte und mitbrachte. Das Sehen kommt unkontrolliert. Ich habe darauf keinen Einfluss."

„Welches Erlebnis im Traum hat Sie am meisten beeinflusst?"

Petra Corel schaute zwar zu Abraham Walker, aber unlängst waren ihre Augen von einem anderen Bild gefesselt. Ihre Gedanken überkamen sie, und was sich tief in ihre Erinnerung gebrannt hatte, kam hoch.

„Es war vor wenigen Jahren. Ich öffnete meine Augen und hatte diese Welt verlassen. Ich schlief nicht mehr, ich war wach. Das merkte ich deutlich. Aber ich war nicht in meiner Wohnung. Ich war in völliger Leere, in einem schwarzen Nichts. Dann sah ich sie. Längst vergangene Menschen meiner Umgebung, mein Bruder, der bei einem Autounfall gestorben war, meine Großeltern, eine alte Freundin, alle bereits tot. Einige kamen mir unbekannt vor, ich hatte ihre Gesichter nie zuvor gesehen, trotzdem hing eine seltsame Vertrautheit über ihnen. Sie alle schienen zu schweben, ich konnte ihre Unterkörper nicht erkennen, sie waren von einem außergewöhnlich hellen Nebel umgeben, undurchdringlich für das Licht. Als ich an mir herunter sah, stellte ich fest, dass mein Körper unversehrt und in seiner Ganzheit vorhanden war. Ich blickte wieder zu den Verstorbenen und nahm wahr, dass sie alle ihre Aufmerksamkeit in eine Richtung lenkten, der mein Blick folgte. Sie alle blickten in die Leere, aber es war, als erwarteten sie etwas, dass auch für meine Augen bestimmt war. Ich verharrte. Aus der Ferne schwebte meine längst tote Großtante heran. Sie trug etwas Kleines, erst erkannte ich es nicht, doch als ich es deutlich sah, verstand ich nicht. Es war ein Baby, aber kein richtiges, dass heißt, es war nicht fertig. Nicht ausgereift. Es war nicht fertig.'

Abraham Walker blickte ihr freundlich entgegen, sie spürte die Wärme von ihm ausgehen und sprach nach kurzer Pause weiter.

„Tage später war ich mit meiner Mutter bei meiner Tante zu Besuch. Ich erinnere mich nicht mehr an den Anlass, aber inmitten des üblichen Familiengespräches erwähnte ich meinen Traum. Einfach so. Ich dachte daran, ausgelacht zu werden. Aber meine Mutter und meine Tante schauten sich lange Zeit an. Sie dachten nicht daran zu lachen. Schließlich sagte meine Tante mir, dass meine Schwester letzte Woche ein Kind abgetrieben hatte.'

 Nikolai hatte ihnen pro Gruppe, in die er sie eingeteilt hatte, einen Umschlag gegeben, in denen sich seine Instruktionen befanden. Der Plan war durchdacht, nun war es an der Zeit, dass er ausgeführt wurde. Und Nikolai wußte um die Wichtigkeit ihrer Aufgabe.

 „Und, Hauser?"
 „Ich habe Ihre Befehle ausgeführt. Die Gruppe ist mitten im Einsatz."
 „Wollen wir hoffen, dass unsere Entscheidung richtig war."
 „Unsere Entscheidung?"

 Auf dem Weg zu ihrem Wagen schritt Vern Krieger neben der in einen samtenen Mantel eingehüllten jungen Frau, deren erste Begegnung ihn tief beeindruckt hatte. Sein Blick blieb auf den Weg gerichtet. Crawlanasa blieb oft stehen, lief dann wieder voraus, wandte sich nach links und nach rechts, in alle Richtungen, spielerisch mit den Augen ihre Umgebung musternd, die Freude war ihr anzusehen.
 Es war die Freude, zum ersten Mal seit Jahren wieder bei Tage zu wandern, Vögel zwitschern zu hören, und die Kaninchen auf der Wiese fangen spielen zu sehen,

eben die Tiere, die sie unter anderem nachts jagte.

Es war die Freude, die Illusion zu erleben, wieder in das Leben zurückzukehren. Krieger trug sowohl seine Reisetasche, als auch eine Tasche mit ihren Utensilien, in der alles war, dass sie zu ihrer Rolle als Schülerin in dem gemischten Internat benötigte. Persönliches besaß sie nicht.

Meany war bereits frühmorgens vom Bahnhof losgefahren, seine neue Wohnung in der Studentenverbindung wurde morgen frei. Pech hatte er kürzlich nicht erlebt. Dies kam immer nur in einem größeren Zusammenhang. Und stets hatte er im Nachhinein den Eindruck, sein Pech wäre zielgerichtet gewesen, um ihn in eine bestimmte Situation zu versetzen. Nikolai schien sich einiges von Kiefer Meany zu versprechen.

Walker, Corel und Priester Beernheim hatten ihn am Bahnhof auf ihrem Weg zum Flughafen abgesetzt. Dort ließen sie den Wagen stehen, Rosenheim hatte gesagt, der Dienst, wer auch immer dahinter stecken mochte, würde sich darum kümmern. Sie betraten den Flughafen und gingen zu dem Gate, von dem aus sie Zugang zu dem von Rosenheim für sie gebuchten Flug hatten.

„Na, Priester Beernheim, freuen Sie sich bereits auf

den Flug? Nahe dem Himmel", scherzte Walker.

„Ich freue mich über das Leben. Von Gott gegeben, Abraham. Sie beide dürfen mich übrigens gern Michael nennen. Dies dürfte zweckmäßiger sein."

„Gut Michael. Ich bin. …"

Eine aufgeregte Stimme prallte gegen Abrahams Ohr: „Bischof! Gelobt sei der Quell aller Energie. Meine Dankbarkeit Euch zu sehen überwindet die Grenzen des Seins. Ich …"

„Beruhigt Euch. Und bitte erregt nicht soviel Aufsehen."

Abraham Walker war es offensichtlich ausgesprochen peinlich, dass ihnen aus der Menschenmenge, die im Flughafen herrschte, ein Mann plötzlich in den Weg gesprungen war und sich auf die Knie geworfen hatte.

„Aber Bischof, ich möchte meine Demut demons …"

„Dies ist nicht die Zeit und nicht die Gelegenheit dafür, werter Freund. Man soll nicht einem Menschen huldigen. Habe ich diese Worte nicht bereits ausgesprochen und sie Euch niedergeschrieben hinterlassen? Warum wehrt Ihr Euch gegen meine gut gemeinten Vorschläge?"

„Ich … entschuldigt, Bischof."

„Geht nun in Frieden und verbreitet eben diesen. Gesegnet sei Euer Leben so wie Ihr anderen Segen schenkt. Meine Worte mögen Euch geholfen haben."

„Ihr sprecht Wahres und Rechtes. Mag Eure Weisheit mir wieder begegnen. Ich danke Euch, Bischof."

So schnell wie er aus der Menge entflohen war, mischte er sich wieder unter sie, und Abraham atmete erleichtert auf.

„Gehen wir weiter, sonst verpassen wir den Flug."

Die Fahrt war ohne Unterbrechungen verlaufen. Krieger war gefahren. Die Erschöpfung der langen erforderlichen Konzentrationsphase ließ er sich nicht anmerken. Crawlanasa hatte die Reise schlafend verbracht, die stark getönten Gläser des Vehikels hatten ihre Haut vorsichtshalber geschützt. Es war mittlerweile erneut die Nacht hereingebrochen. Sie befanden sich in einem kleinen Dorf in direkter Nähe des Internates.

Krieger verspürte im Augenblick des Aussteigens lediglich zwei Dinge. Zum Einen tiefe Müdigkeit, zum Anderen großen Hunger. Er schritt um ihr Fahrzeug herum und öffnete die Tür der Beifahrerseite. Sie sah dermaßen harmlos aus, er konnte sein jetziges Gegenüber kaum mehr mit seinem Erlebnis in der vorletzten Nacht in Einklang bringen.

Ihr einmal kurz über die Wange zu streichen reichte aus um sie in die Welt der Lebenden und natürlich auch die Welt der Toten zu rufen. Crawl schlug die Lider auf und reckte ihren Körper leicht. Sie stieg aus, er machte die Tür zu und verschloss das Fahrzeug.

„Wir sind schon da?"

„Schon? Wir haben Nacht."

„Ich habe die Fahrt nicht als lange empfunden. Ich ruhte wohl. Ich fahre heute nicht in das Internat?"

„Nein, nicht in der Nacht. Ich bringe Sie morgen hin."

„Sie? Sie. Ungewohnt. Ungewohnt überhaupt mit jemanden zu reden. Noch vor zwei Tagen war der einzige Gesprächspartner, mit dem ich selten kommunizieren konnte, Nikolai Rosenheim, vor einigen Wochen gab es niemanden. Nikolai behandelt mich anders. Er ist persönlicher. Freundlich. Väterlich. Warum weisen Sie mich ab?"

„Ich …"

„Sie haben Angst vor mir. Ich habe Sie nicht verletzt."

„Ja … Crawlanasa."

„Dies ist mein Name als Geschöpf der Nacht."

„Und davor?"

„Den Namen besitze ich nicht mehr."

„Gehen wir in mein Hotel", richtete Krieger das Gespräch in eine andere Richtung.

„Hotel?", fragte Crawl überrascht.

„Rosenheim hat ein Zimmer für mich reserviert. Wir können dort etwas essen", schlug Vern vor.

„Was könnte ich in einem Hotel essen?"

Nachdenklich blickte er sie an.

„Blutige Steaks", meinte er dann ruhig.

Sie folgte ihm widerspruchslos. Er trug nur die Reisetasche, welche für ihn bestimmt war. Ihr gemeinsames Essen im Restaurant des Hotels verlief schweigsam, unter dem, von der Ferne immer wieder einmal herüber gleitenden, Blick der verstörten Kellnerin angesichts Crawls, die nur das nahezu roh gewünschte Steak aß, die leckeren Beilagen ignorierend.

Er machte sich während des Essens Gedanken darüber, wie er sie unterbringen wollte. Vern nahm sich vor, nach einem Zimmer für sie zu fragen oder sie im Bett schlafen zu lassen, wenn kein Zimmer mehr vorhanden wäre. Er könnte sich auf den Boden legen.

Doch sie meinte lediglich leise nach dem Essen zu dem Soldaten, sie würde die Nacht im Freien verbringen und morgen am Wagen auf ihn warten. Krieger musste diese Entscheidung akzeptieren und eigentlich fühlte er sich so wohler. Bei dem Gedanken daran, schlafend Zeit in ihrer Nähe zu verbringen, verspürte er Furcht.

Am Morgen des nächsten Tages fuhr er sie in aller Frühe zum Internat. Es war ein altertümliches Gebäude, groß, riesig, verwinkelt und mit zahlreichen Ecken.

Umgeben von einer großen Parkanlage. Das Gelände abgeschlossen mit einer hohen Mauer, auf der Oberseite kleine Spitzen. Vern Krieger lenkte den leisen Wagen durch den offenen Eingang, der aus einem großen eisernen Doppeltor bestand. Er parkte auf einem großräumigen Hof vor dem Internatsgebäude, ersichtlich war ein weiteres Gebäude, das als eigentlicher Unterrichtstrakt diente, sowie eine kleine Kapelle.

Der Wind raschelte durch die Blätter der zwar vereinzelt, aber dennoch nach einem strikten Plan aufgestellten Bäume. Alle gleich hoch, zur selben Zeit angepflanzt, vor sehr langer Zeit. Krieger war froh, dass er hier nicht zur Schule gegangen war. Er mochte Internate nicht, obwohl er gewiss keine enge Bindung zu seinen Eltern besaß. Crawlanasa und er stiegen aus dem Wagen, und er gesellte sich neben sie.

„Hoffen wir, dass Sie dort nicht hinein müssen', sagte Krieger ein wenig lächelnd mit einem Seitenblick auf den kirchlichen Trakt. Sie antwortete nicht. Ein älterer Herr trat aus dem Haupteingang des Internatsgebäudes und kam zu ihnen. Sie hielten sich an die Instruktionen, die Nikolai ihnen gegeben hatte.

„Guten Morgen, ich bin Direktor Kirchbach. Ich denke, Sie bringen mir meine neue Schülerin."

„Guten Morgen, Herr Direktor Kirchbach. Ich bin

Vern Wagner, und dies ist meine Schwester Jana Wagner. Meine Eltern baten mich sie herzufahren. Ich übergebe sie in gute Hände. Jana?"

„Guten Morgen, Direktor Kirchbach", sprach Crawl schüchtern.

„Herr Kirchbach, es gibt noch einige Dinge, die ich gerne privat mit Ihnen besprechen müsste. Hätten Sie einen Augenblick Zeit?"

„Aber natürlich, Herr Wagner. Jana, Du kannst gerne schon einmal in das Hauptgebäude gehen und Dich in der Eingangshalle umsehen. Ich werde gleich nachkommen und Dich herumführen."

„Danke, Herr Kirchbach. Vern."

Sie traten zueinander und umarmten sich herzlich, eine glückliche Form des geschwisterlichen Zusammenhalts demonstrierend. Crawlanasa schritt in das Gebäude.

„Nun, Herr Wagner, was liegt Ihnen auf der Seele?"

„Es geht um Jana. Es gibt mehrere Dinge, die Sie wissen sollten, und die Ihr das Leben zusammen mit anderen Menschen immer etwas schwer machen. Jana leidet unter einer ernsten, nicht heilbaren Erbkrankheit. Ihre Haut ist sehr empfindlich gegenüber Sonnenlicht, daher trägt sie auch im Sommer stets den Körper bedeckende Kleidung. Bei zu viel Sonnen- oder Lichteinwirkung reagiert sie allergisch, was lebensgefährliche Ausmaßen annehmen kann. Des Weiteren kann Jana nicht sehr viel essen, auch dies ist medizinisch bedingt. Die fehlende Energie bekommt sie zum Ausgleich durch Tabletten, die sie mit sich trägt. Hier sind ihre medizinischen Berichte, in denen noch einmal steht, was ich Ihnen erklärt habe. Ich denke, dass wurde Ihnen ja auch bereits bei Janas Anmeldung mitgeteilt. Wenn Sie Jana helfen wollen, dann lassen Sie sie anziehen und essen, was sie für notwendig hält."

„Aber natürlich, Herr Wagner. Ihre Eltern deuteten beim damaligen persönlichen Gespräch bereits einiges an. Ich nehme es gern zur Kenntnis und werde mich darum kümmern, das andere Lehrpersonal zu informieren. Jana wird es bei uns gut haben."

„Sehr schön, Herr Kirchbach, ich danke Ihnen. Ich verbringe meinen Urlaub übrigens hier in der Nähe in einem kleinen Dorf. Ich hatte allerdings vor, Jana möglichst allein zu lassen, damit sie gezwungen ist, sich schnell einzuleben. Das wird wohl das Beste sein."

„Sehr richtig, Herr Wagner. Gut wäre es, wenn Sie mir für eventuelle Rückfragen Ihre Adresse im Urlaub nennen würden, falls ich mir wegen Janas Krankheit unsicher bin."

„Aber natürlich, Herr Kirchbach."

Er durchschritt die geteilte Menge und fühlte wie die Macht, die lange in ihm gekeimt hatte, ausbrach und ins Unermessliche wuchs. Erhebend war das Gefühl, das Wissen, dass überragendste Wesen der Schöpfung zu sein. Lebewesen. Lebewesen?

„Und von Schattenberg? Was denken Sie?"

„Ich habe mir viele Gedanken zu der Geschichte von Ihnen gemacht, Nikolai. Und meine Überzeugung brachte sein Übriges um zu einem für mich gültigen Schluss zu kommen. Nikolai, haben Sie schon einmal etwas von Self-Fullfilling-Prophecy gehört?'

„Eine Gruppe von Leuten versucht die Prophezeiung ihres Gurus zu erfüllen. Darauf wollen Sie doch heraus?"

„Das denke ich. Denen ist egal, wie viel dafür geopfert werden muss. Die Worte ihres religiösen Führers sind ihnen Gesetz, und wenn diese Worte nicht von allein Taten folgen lassen, dann sind diese Menschen dazu bereit, selbst dafür zu sorgen", sprach von Schattenberg.

„Von Schattenberg, glauben Sie ernsthaft, die haben es geschafft, Amerika in die soziale Krise zu bringen, die Ozonschicht zu zerstören, damit Australien zur UV-Strahlenhölle wird, in Japan ein Erdbeben zu verursachen und in Afrika sich eine Seuche ausbreiten zu lassen?"

„Die hatten acht Jahre Zeit."

„Sie glauben wirklich daran?"

„Wir werden es nachweisen."

Meany fiel es nicht gerade leicht, mit seinem schwachen Körperbau die zahlreichen Stufen der Studentenwohnung zu erklimmen, in beiden Händen seine Tasche mehr hinter sich herziehend als tragend. Seine Wohnung bestand aus einem kleinen Wohnzimmer mit integrierter Küche und einem Schlafsofa sowie einem winzigen Badezimmer, in das die Erbauer tatsächlich noch eine Dusche hatten einbauen können. Wie auch immer. Sein neuer praktischer Lebensraum war weder sauber noch von professionellen Designern gestaltet.

Mit einem Seufzer setzte er die Reisetasche ab und nieste. Mehrfach. Die Stauballergie. Eine der eher harmlosen Allergien in Betrachtung der zahlreichen anderen, unter denen er zu Leiden hatte. Und gelitten hatte Kiefer Meany oft genug in seinem bisherigen Leben, wohl wissend, dass sich dies nie ändern würde.

Er war leicht verletzlich und keineswegs eine starke Persönlichkeit. Aber da war etwas an ihm, dass in trotz der Fehlschläge, die er erfahren hatte, stets beschützte, stets geheimnisvoll über ihm schwebte und sein chaotisches Leben nicht überschwappen ließ. Etwas, dass sein Leben oft auf seltsame Weise lenkte, ihm keine Möglichkeit ließ einen anderen Weg einzuschlagen, als den, welcher für ihn bestimmt war.

„Nikolai, meine Kritik ist über lange Zeit gereift, älter als ich selber bin. Generation über Generation hat meine Familie Erfahrungen mit dem Unerklärlichen gesammelt und eigentlich nie etwas gefunden, für das es wirklich keine Erklärung gibt. Religion ist die Flucht aus dem Diesseits. Die Flucht in eine Scheinwelt, in die man alles verschiebt, dass man sich nicht auf Anhieb erklären kann. Religion ist der Weg aus der Verantwortung. Und vielleicht auch Übernahme einer neuen Verantwortung, aber wozu diese? Man kann Gutes tun ohne voller religiöser Überzeugung zu sein. Man kann Gutes tun aus reiner Menschlichkeit, aus einer eigens entwickelten inneren Stärke, für die man keinen Priester benötigt, der sie einem verkündet. Eine Welt ohne Religion bedeutet eine Welt des Realismus, aber noch lange keine Welt ohne Gefühle. Es bedeutet auf Missdeutungen zu verzichten und eventuell hinzunehmen, dass man keine Erklärung besitzt, und sich dennoch nicht aus Sucht nach Erklärungen falsche zulegt. Eine Welt ohne Religion bedeutet, falsche Handlungen und Straftaten können nicht mehr mit

Glauben begründet werden. Auf wie viele Kriege hätte diese Welt verzichtet, wenn es niemals einen Glauben gegeben hätte? Ist nicht der Keim der Gewalt im Glauben zu suchen? Wer kam auf die Idee, dass es Menschen befriedigt Reichtum zu sammeln? War es nicht die Religion, die erst aussagte, die Reichen würden von Gott geliebt? Könnten wir Menschen nicht auf sämtlichen Reichtum verzichten, wären wir nicht zufrieden mit einer Situation, in der wir schmerzfrei leben und zusammenleben könnten? Wäre dies nicht das versprochene Paradies? Der Himmel liegt nicht im Glauben, sondern fern von Glauben. An dem Tag, an dem alle Menschen absolut frei sind, frei vom Glauben wie von körperlichen Fesseln, an diesem Tag gibt es kein Verstecken hinter überweltlichen Ansichten mehr. An diesem Tag werden alle Stellung beziehen müssen, und jeder hätte die Pflicht und das Recht, sich für sich selbst zu verantworten. An diesem Tag wäre die Menschheit frei von allen Schranken und dennoch aufgrund des Verstandes gehindert anderen Böses anzutun. Der Himmel liegt vor uns, wenn wir uns auf unserem Weg nur nicht an ihm orientieren."

„Hi, Du bist neu, nicht wahr? Ich habe Dich noch nicht gesehen. Ich bin Melanie."

„Ich heiße Jana. Nett von Dir mich anzusprechen."

„Klar doch. Wer neu irgendwo hinkommt sucht doch Anschluss. Aber es fällt einem schwer andere einfach anzusprechen, wenn man niemanden kennt. Ging mir vor zwei Jahren so, ich kenne das. Woher kommst Du?"

„Nördlich. Ich muss zugeben, hier unten im Süden war ich nie zuvor. Schöne Landschaften, wirklich, ich finde es …"

„Oh, der Schulgong. Wir müssen zum Unterricht. Welches Fach hast Du nun?"

„Ich weiß nicht."

„Zeig mir einen Deinen Plan, Jana … Moment, hier, nein, andere Spalte, Du hast jetzt Religion. Dazu musst Du dort hinten die Treppe rauf, dann links, zweite Tür rechte Seite. Ich muss leider hier her. Vielleicht sehen wir uns später. Bis dann."

„Guten Morgen, Jana. Ich hoffe, ich bin über ihren Namen richtig informiert? Ich bin erfreut Sie in unserem Kurs begrüßen zu dürfen. Mein Name ist Herr Langenhövel, ich bin der ansässige Lehrer für Theologie. Bitte, nehmen Sie dort Platz, neben Kerstin."

„Danke, Herr Langenhövel."

„Jana, wir sprechen in unsere heutigen Unterrichtsreihe über Determination des Lebens. Sie wissen, was dies bedeutet?"

„Vorherbestimmtheit", antwortete Crawlanasa rasch. „Korrekt. Die Meinung ist geteilt, und die endgültige Antwort wird uns verwehrt bleiben. Wir vollziehen lediglich einen Meinungsaustausch. Was denken Sie darüber, Jana? Glauben Sie an Schicksal? Das uns alles, was wir erleben, unbemerkbar vorherbestimmt ist?"

Vern saß im Schneidersitz auf dem mit einem weichen Teppich ausgelegten Boden seines Hotelzimmer. Er hatte seine Pistole in alle Einzelteile zerlegt und sie gewissenhaft gesäubert. Wie ein guter Soldat vor der Schlacht bereitete er sich vor, auch wenn sie nicht direkt bevorstand, obwohl schon die warnenden Wellen eines Umschwunges durch den Äther wanderten.

Normalerweise hätte er die Militärwaffe nun wieder zusammengesetzt, aber stattdessen legte er das letzte Teilchen, welches er noch in Händen hielt, beiseite und ließ seinen Blick innerlich kreisen. Die letzten Tage hatten in seinem Leben und Gemüt einiges bewegt, auch wenn er sich dazu nicht hätte äußern können. War alles wie zuvor, oder anders?

Er hatte Crawlanasa getroffen, sie erlebt, ihre Aura wahrgenommen und sich inständig vor ihr gefürchtet. Jetzt war er hier um ihr Rückhalt und Schutz zu bieten. Der jungen Frau, die zwei elementare und gegensätzliche Gefühle in ihrer Anwesenheit hervorrief. Furcht. Und das andere Gefühl. Er hatte schon viele Freundinnen gehabt, bereits in seiner Schulzeit. Ein wenig verschlossen, seine Art, sie mochten es nicht, aber ihn hatten sie gemocht. Einmal hatte er sich mit einer Partnerin verlobt.

Doch in gemeinsamen Einsehen mussten sie feststellen, nicht zueinander zu passen und die Verlobung wurde gelöst, das Band zwischen den Liebenden wurde im Einvernehmen gebrochen. Eine Woche später wurde er in der Vatikankrise eingesetzt, diese Zeit würde er niemals vergessen.

Trotz seiner reichlichen Kontakte mit Frauen war er heute an einem Punkt angelangt, den er nicht verstand. Diese beiden Gefühle hatte er nie zuvor gleichzeitig gefühlt, Furcht vernahm er überdies sehr selten. Wohin würde es führen, was tat er hier? Wer war sie, wer war sie für ihn? Ein eisiger Hauch überzog seine Haut und schüttelte ihn.

Meany hatte seine zahlreichen Bücher und leeren Blöcke in beiden Händen, als er den großen Unisaal betrat. Er war verspätet. Dies hatte einen einfachen Grund. Es fing damit an, dass er sich hatte duschen wollen, allerdings war das Wasser sehr kalt. Daher verließ er das Badezimmer, nachdem er den Hahn aufgedreht hatte, um sich in der Zwischenzeit

Spiegeleier zu braten. Gewiss wären diese fertig, bis das Wasser sich erwärmt hatte. Plötzlich ein bekanntes Signal, Kiefer Meany trat von der Kochnische zur Kommunikationseinheit der Wohnung und stellte sie auf Sprachkanal, das heißt ein Gespräch über Stimme, kein Bild. Es war niemand den er kannte, und niemand der ihn kannte. Verwählt, um genau zu sein. Was wollte er noch einmal tun? Ah ja, duschen. Er ging erneut in das Badezimmer, das Wasser war angenehm warm, er duschte ausgiebig. Danach trocknete er sich sorgfältig mit einem für Studentenwohnungen normal groben Tuch, dass zur Ausstattung gehörte, fönte sich die Haare und putzte sich zuletzt die Zähne.

Moment, die Zähne. Ihm fiel ein, dass er noch nichts gegessen hatte. Essen. Er aß gerne Spiegeleier zum Frühstück. Oh nein. Schnell rannte Meany in die Küche, schwarze Reste lagen in der Pfanne. Verdammt.

Es qualmte unbarmherzig und mit hustenden Lungen trug er die verkohlten Eier zum Badezimmer, wo er sie die Toilette hinunterspülte. Erneut das Telefon. Ob er sich sicher war, dass es sich um die falsche Nummer handelte, war wirklich keine Ute vorhanden? Nein. Wirklich verwählt.

Ein Blick auf die Uhr. Es wurde knapp. Schnell zog sich Meany an, alles okay, er konnte es noch schaffen. Beeilung. Frühstück? Er würde es sich kaufen, ein leckeres belegtes Baguettebrötchen, in der U-Bahn konnte er es essen. Rasch verlief er das Haus. Hatte er die Kochplatte tatsächlich ausgemacht? Erneut in die Wohnung: ja sie war aus. Eiligst lief er zur U-Bahnstation, am Imbissstand kaufte er sich sein notgedrungen geplantes Frühstück und wartete in Seelenruhe am U-Bahnstand. Mit Vorfreude erfüllt hob er sein Käse-Schinken Brötchen in die Höhe, machte den Mund weit auf und biss hinein, schnell den Bissen herunterschluckend, da seine U-Bahn sich näherte.

Ein Bissen blieb in seinem Hals stecken, etwas hartes, er hatte es kurz davor beim Schlucken im Gaumen gespürt. Würgend fiel er auf die Knie und röchelte um sein Leben. Ein Hustenreiz folgte dem nächsten, bis sich das Stück gelöst hatte, und es ihm gelang es hinunterzuschlingen. Er hatte gewonnen. Mit einer Hand nahm er die obere Brötchenhälfte herunter und fand einen Rest des Dinges vor, das ihn so gequält hatte, ein halber zerbissener Käfer. Den Gedanken daran, die U-Bahn verpasst zu haben, vergaß er mit dem aufkommenden Brechreiz.

Eine U-Bahn später kam er in die Universität und zu seiner Vorlesung. Alle saßen bereits auf ihren Plätzen, und die Reihen waren wirklich voll belegt. Seine Augen erhaschten einen freien Platz, er setzte sich in Bewegung. Der Platz befand sich inmitten der Menge, es gab zwei Möglichkeiten.

Entweder räumten alle ihre Sachen zusammen und rückten auf, oder sie ließen ihn durch. Um ersteres wollte er nicht bitten, daher versuchte er sich durch die Reihen zu quetschen. Einzeln standen die Studenten auf, und unter viel Lachen im Saal ging Meany seinen Weg.

Es belustigte sogar den Professor und seine zwei Helfer. Meany hatte den Platz beinahe erreicht, als er stolperte, warum auch immer. Er fing sich schnell wieder, dummerweise fielen ihm seine Unterlagen aus der Hand. Ein Blatt zappelte rechts von ihm in der Luft, über der Reihe, welche sich eins tiefer befand. Meany wollte es mit einer lässigen Handbewegung schnappen, aber nach dem vorherigen Stolpern stand er nicht besonders sicher, und seine Beine rutschten ihm erneut aus.

Er purzelte von seinem Arm mitgerissen über den Tisch, wurde angerempelt und rollte weiter, Reihe für Reihe, immer wieder schmerzhaft aufprallend, sich aber nie schnell genug fangen könnend. Er konnte sogar wetten, einige der Studenten hätten ihn zusätzlich angestoßen.

Ganz unten schlug er am Boden auf, vor den Beinen seines Professors. Des Professors, den der Dienst als potentiellen Mörder ansah. Meany brauchte etwas Zeit bevor er sich aufrichtete. Sein Rücken schmerzte, gewiss hatte er sich ihn verrenkt. Aber er fügte sich seinem Schicksal ergeben, wie er es in den langen Jahren seines Lebens gelernt hatte.

Meany erhob sich, schüchtern umher lächelnd, ein wenig Scham errötete seine Wangen. Die Menge der Studenten grölte belustigt. Als er zu seinem Platz gehen wollte, streckte ihm der Professor eine Hand entgegen, darin eine Karte haltend.

„Übermorgen Geburtstag und heute so ein Pech?"

Meany blickte den Professor verwirrt an, der ihn freundlich angrinste, obwohl die Augen eher extrem nachdenklich wirkten. Der Professor hielt Meanys vom Dienst hergestellten Ausweis in der Hand, den Kiefer Meany beim Fall verloren haben musste. Und Meany verstand diesen Schicksalsschlag.

Das Gesicht wirkte friedlich und sanft. Ein Lächeln umspielte die Lippen im Schlaf. Der Schlaf war aufbauend, und der Traum angenehm, nichts störte den Schläfer. Vern Krieger lag ruhig und still in seinem Bett. Das angelehnte Fenster seines Hotelzimmers im ersten Stock, welches Vern frische Luft zur Verfügung stellte, schwang auf. Aber es machte keineswegs ein Geräusch.

Sekundenlang änderte sich nichts an der Situation,

schließlich huschte ein Schatten durch den Fensterrahmen hinein. Krieger erwachte und schreckte auf. Das Gewitter aus weiter Ferne ließ einen Blitz in die Nacht zucken. Die Silhouette von Crawlanasa erschien auf Verns Netzhaut. Dieser griff schnell zur Nachttischlampe. Crawlanasa fauchte vor Schmerz auf, und ihre Hände legten sich schützend über ihre empfindsamen Augen, somit den weiteren Schmerz hindernd. Im Lichtschein bemerkte Krieger die Reste von Blut an ihren Mundwinkeln. Sie kam von der Jagd.

„Was?", kommentierte Krieger ihr Fauchen.

„Das Licht, mach es aus."

„Die Kontaktlinsen."

„Ich habe sie zum Jagen abgetan. Bitte lösch das Licht für mich … Danke."

„Was möchtest Du?", fragte der Soldat müde.

„Ich will nicht im Zimmer mit den anderen Mädchen die Nacht verbringen."

„Wenn sie merken, dass Du nicht da bist?"

„Ich werde rechtzeitig zurück sein. Bitte."

„Und nun?"

„Ich lege mich auf den Teppich. Hab keine Angst, ich habe bereits … gegessen. Schlaf ruhig weiter. Du hast doch keine Angst?"

Um sich nicht lächerlich zu machen, legte er sich wieder auf die Seite und war schneller eingeschlafen, als er angenommen hatte. Als er aus unbekanntem Grund ein weiteres Mal später erwachte, fühlte er sie zusammengerollt an seinen Füßen schlafend, wie ein Hund bei seinem Herrn.

Report von Nikolai Rosenheim:
„Unsere Untersuchungen in Afrika und Gespräche mit ansässigen Kontaktleuten haben uns zu der Vermutung gebracht, dass es sich beim Erreger des Afrikanischen Todes, der so bezeichneten lebensgefährlichen Seuche, nicht um einen natürlichen Erreger der Umgebung handelt. Wir haben von Spuren erfahren, die darauf hindeuten, dass der Erreger von einer revolutionären Gruppe absichtlich freigelassen wurde, als terroristischer Akt. Verblüffend ist nur die Tatsache, dass diese Gruppe niemals offiziell Stellung dazu bezogen hat, wie dies sonst bei Terroranschlägen üblich ist. Wir befinden uns nun auf der Suche nach Mitgliedern dieser Vereinigung um weitere Informationen zu sammeln. Ich sehe von Schattenbergs erste Annahme, dass es sich um ein von Menschenhand hervorgerufenes Phänomen handelt bestätigt. Weitere Reports erfolgen wie üblich.'

Abraham Walker, Petra Corel und Priester Beernheim warteten vor dem Haus an der ersten Adresse, die

Rosenheim ihnen gab, auf eine Reaktion ihres Klingelns. Schließlich vernahmen sie einen dumpf summenden Laut, und die Sprechanlage tat ihren Dienst.

„Wer ist dort?"

Die drei Mitglieder des Schutzwalls Europas schauten einander der Reihe nach an, schließlich nickten die zwei Männer Corel zu, welche den Wink verstand. Sie trat näher an das in den Türrahmen eingebaute Mikrophon heran.

„Mein Name ist Petra Corel. Ich bin Journalistin und Autorin. Ich sammle Informationen für mein neues Buch und würde mich gerne mit Ihnen darüber unterhalten. Es geht um ..."

Die Tür schwang einen Spalt auf, und ein Augenpaar blickte heraus.

„Sie sind nicht allein."

Abraham Walker drückte Corel mit zarter Härte beiseite, so dass er leicht von den zwei Augen einzusehen war. Er schien sich auch für Petra und Beernheim sichtlich zu verändern, als er anfing zu sprechen. Irgendwie waren sie von seiner Stimme gefesselt, sanft, ruhig und dermaßen eindringlich.

„Ich bin Abraham und benötige Ihr Wissen."

Die Antwort kam ohne Umschweife.

„Treten Sie bitte ein."

Sie betraten den Wohnraum ihres plötzlich sehr kooperativen Gegenübers und ließen sich auf der Couchgruppe nieder. Abraham Walker übernahm die Führung des Gespräches, sowohl auf seine Begleiter als auch auf ihren potentiellen Informanten extrem anziehend wirkend.

Petra Corel blickte auf Walker, und sie fühlte die Hitze der Erregung in sich aufsteigen. Sie knöpfte ihren Kragen auf um in der Lage zu sein, mehr Luft einatmen zu können. Auch Beernheim litt unter Schweißtropfen, die sich unaufhörlich auf seiner Stirn bildeten.

Diese Emotionen hatte er weder jemals wahrgenommen, noch je daran gedacht, sie irgendwann einem anderen Mann entgegenbringen zu können. Es war Abrahams Aura.

„Sehr geehrter Herr Ahlers, wir sind hier aufgrund Ihrer ehemaligen Teilnahme an der religiösen Vereinigung der Wende und ich erbitte Informationen darüber."

„Aber natürlich, ich helfe Ihnen gerne, wo ich kann. Ich bin vor zwei Jahren ausgetreten und habe seither nichts mehr von meinen damaligen Bekannten gehört. Allerdings lebe ich hier auch sehr zurückgezogen, weil ich diese Sekte, ja heute kann ich sagen, das es eine Sekte ist, kenne. Sie sind sehr …"

Der Mann bekam einen krampfartigen Anfall. Abe und

Corel liefen rasch zu ihm um ihn zu stützen und vorsichtig auf das Sofa zu legen. Er verfiel einem Zitteranfall.

„Epileptiker", äußerte sich Petra.

„Nein", erwiderte Pfarrer Michael Beernheim, der sich an das von außen und innen vergitterte Fenster des Wohnzimmers gestellt hatte und aufmerksam den Garten, bis hin zu der Sichtmauer aus hohen und dicht besetzten Tannen, betrachtete. Abe Walker ließ den Mann namens Walter Farber allein mit Petra Corel, die sich sorgend um ihn bemühte, und stellte sich neben den Priester, seinem Blick folgend.

„Die Häscher sind hier, Abraham."

„Michael, können Sie ihn retten?"

„Vertreiben Sie die verletzenden Mächte, Abraham, ich beschütze seine Seele."

„Der Deal gilt."

Abraham Walker verließ das Haus auf dem Weg über den er Einlass erhalten hatte, während Beernheim vom Fenster abließ und zu Corel und ihrem Schützling trat.

„Holen Sie einen Topf mit heißem Wasser, Petra."

„Ich … woher?"

„Von dem Ort, in dem Frauen zu Hause sind", schmunzelte Beernheim sie an, er war die Ruhe in Person, „in der Küche."

Petra Corel fand nicht die Zeit passend zu reagieren

und kam der Aufforderung nach, die Küche suchend.

„Gott segne Dich, mein Sohn, wiedergefundenes Schaf Gottes. Der Hirte wird Dich führen, auf Deinem schweren Weg. Weiche nicht ab, sonst wird Dein Leben sich umkehren und die Hölle Deine Heimat werden. Schütze den Rest Deiner Kraft, ich werde den Weg erleuchten."

Beernheim, der bei dem Mann gekniet hatte, beugte sich auf. Der Körper ihres möglichen Informanten war benässt von Schweiß. Er zog die Bibel hervor und bewegte sie zur Stirn Walter Farbers, sie danach hoch haltend, den Blick gesenkt.

„Demütigst danke ich dem einzig wahren Herrn für das Heilige Buch der Wahrheit, des Frieden und der göttlichen Liebe. Du mein und unser aller Gott, mögest Du mich erfüllen mit der Kraft allem zu trotzen, was nicht Deinem legitimen Willen entspricht. Ich bin Dein Diener."

Er öffnete seine Bibel mit sicherer Hand, auf Anhieb die rechte Seite findend, mit kratzender Stimme und unbekannter Sprache zitierend was seine Augen an Worten vorfanden. Corel kam mit einem Topf mit vor Hitze dampfenden Wasser herbeigeeilt, seine Aussprüche nicht verstehend. Schweigend erwartete sie, dass Beernheim ihr das Wasser abnahm, was eine gewisse Zeit benötigte.

„Petra, entkleiden Sie den Mann. Danach waschen Sie seinen Körper mit dem Wasser. Schnell."

Alle Scheu ablegend zog sie den daliegenden Fremden Mann eiligst aus, unterdessen machte Beernheim einige Kreuzzeichen über dem Wasser, einen seltsamen mythischen Gesang ausstoßend.

Abraham Walker ging vorsichtig um das Haus herum. Es schien recht menschenleer geworden zu sein inmitten des Wohngebietes, welches er lebhafter in Erinnerung hatte. Langsam, um den erwarteten Unbekannten nicht vorzeitig aufzuschrecken, wandte er sich um die Ecke, hinter den Zweigen einer Tanne lugend.

Er erblickte einen Mann, der einen blauen Mantel anhatte, mit einem Gesicht, welches keine Miene verzog. Die Person hinterließ auf den ersten Blick keinen unsympathischen Eindruck. Das einzig außergewöhnliche Detail an dem Mann war, dass er eine gläserne handliche Phiole trug, die er ständig mehr neigte, damit die enthaltene schwärzliche Flüssigkeit im Takt niedertropfte. Platsch. Platsch.

Abe vernahm dieses Geräusch nicht, aber es entstand in seinem Hirn, je länger er sich den Vorgang anschaute. Die Phiole leerte sich. Abraham ging um die Ecke und zu dem Fremden, dessen Kopf sich in seine

Richtung drehte und dessen freie Hand sich abwehrend zu Walker wandte.

„Sei frei von Angst. Ich bin Abraham und bewundere die Ampulle, welche Du in Deiner Hand trägst."

Der Mann stoppte abrupt in seiner Handlung, auch das Tröpfeln der Flüssigkeit ließ nach.

„Eine sehr schöne Ampulle. Ich bewundere ihre Form, ihre vollendete Anmut, die ebenen Kurven des Glases. In meinem Leben wünschte ich mir stets eine solche Phiole."

Der Fremde erlag der Faszination Walkers und streckte ihm das gewünschte Objekt entgegen. Abe nahm es lächelnd an sich, der Fremde schüttelte verwirrt den Kopf und wollte davongehen.

„Fremder, verschwinde nicht, ohne Dich mir mitgeteilt zu haben. Was ist Dein Begehren?"

Der Unbekannte drehte sich wieder zu Abraham. Er konnte dessen Aura nicht entfliehen und nicht widerstehen. Bedingungslos kam er Abraham Walkers Frage nach.

„Die Wende ist nahe, und wir tragen sie voran. Mein Begehren ist der Wille des Dunkelgottes."

„Nenne mir Deinen Namen, Diener des Herrn."

„Ich bin Ilahar der Wende."

„Und Dein vergangener weltlicher Name?"

„Ich wurde David Lyle gerufen."

„Gehe nun."

„Ja. Ich gehe."

„Und lass Dir sagen, was passierte. Du vollzogst den Willen des Dunkelgottes und bist nicht vom gefassten Plan abgewichen. Alles andere, was Deine Erinnerung Dir weismachen will ist unwahr."

„Ja."

Der Fremde ging davon, nur langsam von der halluzinativen und hypnotischen Kraft Walkers freikommend.

Walker trat wieder ein und reichte Beernheim wortlos die Phiole. Der Priester blickte kurz auf und in die Flasche, schließlich nahm er vorsichtig eine Probe des Geruchs, in dem er diesen mit einer Hand zu seiner Nase fächerte.

„Jedomika R'quala. Saft der Bindung von Leben und Tod. Einem bestimmten Menschen geweiht. Ausgegossen verursacht es den sofortigen Tod der betreffenden Person. Gut, Abraham."

Beernheim machte einen tiefen Griff in seine rechte Hosentasche und zog ein merkwürdiges Objekt hervor, das aus einer langen Lunte und einem kleinen Gestell an einem Ende daran bestand. An dem Gestell befand sich ein drehbares Rad, das an einem integrierten Stein reiben konnte.

Mit einer raschen Bewegung des Daumens drehte Beernheim das Rad und kleine Funken flogen zur Lunte, das Ende entzündend, so dass es schmorte. Beerheim hielt die Lunte in die Phiole an die Flüssigkeit, welche zu brennen begann. Nachdem er die Lunte durch Ausdrücken gelöscht hatte, steckte er das altmodische Feuerzeug wieder weg und betrachtete, wie der Inhalt der Ampulle sich in Gas auflöste. Als die Phiole schließlich leer war, fügte Beernheim seiner Handlung erklärende Worte hinzu.

„Nun kann die Phiole nicht mehr ausgegossen werden, und Farber ist für diesmal sicher. Die Häscher haben abgelassen. Aber er ist erschöpft und ausgezehrt, seine Seele benötigt Ruhe."

„Ich habe vorhin den Namen eines Mitgliedes der Wende erfahren, jenes Mannes die Phiole vor dem Garten ausgoss. Ich denke, wir kommen über diese Spur weiter. Lassen Sie uns gehen, Michael, wenn Sie meinen, wir können nichts mehr für ihn tun."

Der Körper des ehemaligen Sektenmitgliedes glänzte durch die reflektierende Eigenschaft des Wassers, mit dem Corel ihn gewaschen hatte, welches sich mit seinem Schweiß vermischt hatte.

Meldung von Vern Krieger:
(Bitte um Weiterleitung an Nikolai Rosenheim)

„Abgesprochene Meldung Crawlanasas zur Mitte dieses Tages verlief negativ, kein Erscheinen ihrerseits. Ich bin besorgt um ihr Wohlergehen. Erbitte Erlaubnis zur Intervention."

Abraham Walker und Priester Michael Beernheim hatten vor dem Haus des Sektenmitgliedes Stellung aufgenommen, abwartend, was sie beobachten würden. Sie erhofften sich weitere informative Spuren zu der Sekte zu bekommen, die ihnen weiterhelfen würden.

„Warum haben Sie sich nicht gleich mehr mitteilen lassen, Abe?"

„Michael, auch mein Wirkung hat Grenzen. Wenn ich ihn zu sehr gezwungen hätte, gegen seinen Herrn zu handeln, dann hätte ich meine Wirkung auf ihn verloren. Das durfte ich nicht riskieren. Ich habe früher bereits feststellen dürfen, dass meine Macht schwindet, wenn ich zu viel verlange."

„Ihre Macht wirkt auch nicht ständig."

„Das stimmt. Ich kann sie intensivieren oder auf einem normalen, nahezu harmlosen Limit halten. Wie im Augenblick zum Beispiel. Nur kann ich die Wirkung nicht ins negative Schwanken lassen, noch niemand empfand meine Nähe als unangenehm."

„Aber es gibt auch Menschen, auf die sie überhaupt nicht wirken", warf der Priester ein.

„Ja, Michael. Zum Beispiel Heinrich von Schattenberg. Ich bin nicht in der Lage ihn zu beeinflussen, so sehr ich es auch wollte. Ich vermute, es liegt an seinem eingefleischten Unglauben. Seine Vernunft umgibt ihn wie ein Schutzmantel. Wahrscheinlich ist dies gut so. Die überweltlichen Kräfte haben es schwer ihn zu attackieren, er bietet ihnen keine Angriffsfläche.

Rückmeldung von Nikolai Rosenheim:
(Bitte um Weiterleitung an Vern Krieger)
„Keine Erlaubnis zum Intervenieren. Befehl zum Abwarten. Erwarte morgen zur gleichen Zeit erneute Meldung."

„Diese Meldung kam gerade zusammen mit einem weiteren Report von Nikolai Rosenheim herein. Ich denke, die Gruppe macht Fortschritte."
„Hoffentlich reicht die Geschwindigkeit, in denen sie Fortschritte machen, Hauser. Geben Sie mir nun den Report."
Der Leiter des europäischen Geheimdienstes studierte die Akte, die ihm gereicht wurde.

Report von Nikolai Rosenheim:
„Im Zuge unserer Untersuchungen innerhalb der

bereits erwähnten terroristischen Vereinigung in Afrika haben wir von Mutmaßungen erfahren, nach denen ein einflussreicher ehemaliger Minister der Vereinigten Staaten von Amerika die Gruppe sowohl finanziell unterstützt haben soll, als auch mit Informationen versorgte, welche zu der Verseuchung führten. Uns ist mittlerweile bekannt, dass vor dem Beginn der Verseuchung in einem Labor der amerikanischen Armee geheime biologische Waffen gestohlen wurden. Dies habe ich aus Geheimdienstberichten erfahren. Die damalige Befürchtung, dass damit die Regierung erpresst werden sollte, hat sich nicht bestätigt, da sich die betreffenden Verbrecher nie gemeldet haben. Ich versuche im Augenblick zu ermitteln, wer der oben genannte ehemalige Minister ist. Weitere Reports erfolgen wie üblich."

Das bewachte Subjekt verließ seine Wohnung, welche sich in einem Haus mit drei Appartements befand und stieg in einen Wagen, welcher vor zwei Minuten gerade erst vor dem Haus eingeparkt hatte.

„Ich glaube mit ihm sind es drei Insassen."

„Möglich, ich konnte das nicht erkennen. Fahren Sie ihnen bloß vorsichtig hinterher, Abe. Wir wollen doch nicht, dass sie auf uns aufmerksam werden. Nicht, dass sie ihr Ziel plötzlich ändern und nur zu einem gemeinsamen Saunaabend fahren", grinste Beernheim.

„Stimmt, für sie als Priester könnte das peinlich werden."

„Wer weiß, für wen das peinlicher wäre."

So schwierig war es gar nicht ihnen zu folgen. In der Stadt wurden sie nicht bemerkt. Und als sie die Stadt verließen und in weniger befahrenes Gebiet einfuhren, löschte Abraham zum Entsetzen des Priester die Lichter und fuhr mit großem Abstand hinterher.

„Was machen wir, wenn uns die Polizei erwischt?"

Abe lächelte den kirchlichen Teufelsaustreiber an.

„Dann rede ich mit denen."

Irgendwann bemerkten sie, dass der Wagen weit vor ihnen nach rechts abbog. Abraham fuhr langsam heran, und sie erkannten einen schlecht befahrbaren Feldweg. Die beiden Jäger blickten sich an, nickten sich zu, und Walker fuhr schnell circa hundert Meter weiter, wo sie den Wagen mit Parkleuchte am Fahrbahnrand abstellten, und zu Fuß in den Wald liefen.

Sie würden es gewiss nicht leicht haben. Aber in den Wald zu fahren war angesichts der Leute, denen sie folgten, zu riskant. Sie bewegten sich zwischen den hohen Bäumen hindurch zu dem Waldpfad und folgten ihm. Einmal stieß Beernheim Abraham an, damit dieser ihm zuhörte, als der Priester flüsterte: „Ich spüre Schwingungen."

Abraham nickte bestätigend. Sie liefen weiter. Mehrere Wagen waren einfach inmitten des schmalen Weges abgestellt, sie bildeten eine Reihe. Die zwei Verfolger wurden merklich vorsichtiger und überprüften jeden Schritt. Hinter den Autos, etliche hundert Meter weiter erreichten sie den Rand eines Feuerkreises aus zahlreichen in den Boden gesteckten Fackeln. Abraham und Beernheim versteckten sich im Gebüsch, sich untereinander mit Handzeichen verständigend und vor allem warnend.

„Jalahtar Gedomi erhöre Deine Diener. Wir beschreiten für Dich den letzten Weg und ebnen dem prophezeiten Dunkelgott den Weg. Deine Diener ehren Dich. Es naht die Wende."

Der gemeinsame Chor der Stimmen hatte die Huldigung ausgesprochen, die Totalität der Personen in roten Umhängen. Abraham hatte zwölf gezählt. In der Mitte des gesellschaftlichen Kreises befand sich ein quaderförmiges Objekt, es war mit einer dunklen Decke überhängt. Eines der Zeremonienmitglieder trat zu dem Kasten und zog die Abdeckung beiseite.

Darunter befand sich ein kleiner Käfig, die Wände bestanden aus Gitterstäben, darin ein junger Schäferhundwelpe. Die Person öffnete den Verschluss des Käfig und hob die obere Klappe hoch. Er ergriff den Welpen mit der linken Hand am Nacken und zog ihn hoch.

Aus dem Kreis der übrigen Elf, welcher sich neu formiert hatte um konstante Abstände zu wahren, schallte ein leiser aber eindringlicher Gesang. In der rechten Hand hielt die Person in der Mitte einen gezackten goldenen Dolch, mit dem die Kehle des Hundes, nach einem kaum zu hörenden Klagelaut des Welpen, durchtrennt wurde. Nacheinander traten die Mitglieder des Kreises hervor und tranken das ausströmende Blut.

„Trinket vom Blut des Dunkelgottes und erfahret seine Stärke. Sie sei Euch inne, wenn ihr unseren geschlossenen Kreis im Anschluss verlasst, und der Euch gegebenen Aufgabe nachkommt. Lobt unseren Herrn. Preist ihn und erfüllt seinen wahren Willen. Heil Vlad."

Abraham Walker fühlte eine Hand auf seiner Schulter. Auf diese Geste von Beernheim hin verließen die beide den Ort der nächtlichen Unruhe.

Verwirrt und zutiefst besorgt kam Vern Krieger von seinem dörflichen Rundgang zurück. Er hatte Crawlanasa weder am Treffpunkt vorgefunden, den sie für Notfälle vereinbart hatten, noch hatte sie eine Mitteilung für ihn hinterlegt. Sie hatte somit keine der bestehenden Möglichkeiten genutzt ihn zu kontaktieren.

Zutiefst besorgt zog er sich in sein Zimmer zurück und tippte die Meldung in das kleine Kommunikationsgerät, mit dem jede Teilgruppe ausgestattet war. Nikolai hatte ihnen erklärt, dass sämtliche Meldungen direkt an den Dienst gingen, und sie somit jederzeit Hilfe bekommen würden.

Vern vermutete, dass der Dienst Einsatzgruppen bereit hielt, die sofort eingreifen konnten, sofern man es für nötig hielt. Leider war Nikolais letzte Antwort enttäuschend ausgefallen, doch es würde sich zeigen, wie er diesmal darüber dachte. Diese Art der Kommunikation funktionierte hervorragend, Krieger hatte gestern innerhalb von wenigen Minuten Antwort erhalten.

Meldung von Vern Krieger:
(Bitte um Weiterleitung an Nikolai Rosenheim)
„Bislang auch heute kein Kontakt zu Crawlanasa auf keinem der abgesprochenen Wege. Vermutung einer bedrohlichen Situation für sie. Erbitte sofortige Rückmeldung mit auszuführenden Befehlen."

Es verstrichen sechseinhalb Minuten …

Meldung von Nikolai Rosenheim:

(Bitte um Weiterleitung an Vern Krieger)
„Abwarten. In einer Stunde erfolgt Einsatzbefehl."

Meldung von Nikolai Rosenheim:
(Bitte um Weiterleitung an Abraham Walker, Michael Beernheim, Petra Corel)
„Kontaktversuche zu Crawlanasa sind bislang fehlgeschlagen. Befürchtung einer bedrohlichen Situation. Bitte um Sammlung von Information durch Petra Corel. Erwarte Antwort in fünfzig Minuten."

Sie saßen gemeinsam in Corels beschaulichen Zimmer des exquisiten Hotels. Die beiden Männer hatten Petra erklärt, was sie in der Nacht zu heute erlebt hatten, als die Meldung von Nikolai eintraf. Man wußte, was Nikolai mit seiner Meldung bezweckt hatte und machte sich daran seinen Wunsch zu erfüllen. Corel schaute zunächst auf Abraham, anschließend in Beernheims Richtung.

„Ich übernehme die Leitung der Zeremonie, wenn Sie damit einverstanden sind, Petra", bat Pater Beernheim an.

„Ja, Michael, sehr gern, ich vertraue Ihnen."

„Für mich gibt es wohl nichts zu tun. Ich werde mich ein wenig entspannen. Bis nachher", verabschiedete sich Abraham Walker.

Die zwei Zurückbleibenden schauten zu, wie Walker den Raum verließ.

„Wie?"

„Wie es Ihnen am Liebsten ist, Petra. Wir können die klassische Methode benutzen, sie ist mir am Besten geläufig."

„Gut."

Petra Corel war in einen tiefen Schlaf versunken, in den der Priester sie via Hypnose versetzt hatte. Corel saß auf dem Sessel ihres Hotelzimmers, die Arme lagen auf den Lehnen, und ihr Kopf pendelte ein wenig hin und her. Schließlich kam er zum Stillstand.

Die durchdringende Stimme des Klerikers nahm sie nicht wahr, obwohl diese sie auf ihrer Reise führte. Ihre Augen kehrten sich nach innen, und der Blick wanderte zwischen den Welten.

Durch die Allee der Seelen, welche ihr Beistand schenkten, schwebte die Sicht in die Unendlichkeit, Bilder formten sich und verschwanden, Kindheitserlebnisse in ihrem Kopf spielten einen wirren Spaß mit ihr.

Plötzliche Klarheit verschwand im durcheinander zahlreicher Stimmen, die miteinander im Wettstreit darüber standen, wer der Sterblichen das Wichtigste mitzuteilen hatte. Ihr musste es gelingen Ordnung zu schaffen, zu finden was sie benötigte, sonst würde ihr Geist endlos vom Chaos der Toten angekettet sein.

Dann eine laute Stimme. Unaufhörlich hämmernd, mit ungeahnter Intensität alles übertönend, eine kraftvolle Stimme, die von einem mächtigen Wesen der fernen Welt stammen musste. Die Stimme wickelte sie ein, ergriff sie und führte sie fort, fort von allen anderen.

Ihr war schwindlig. Ihr war wie früher. Es glich den Erlebnissen aufgrund deren sie ihr Buch verfasst hatte. Sie kannte dieses Wesen. Das Wesen hatte ein Ziel für sie vorgesehen, an das sie gelangen sollte. Sie wußte nicht, was das Wesen bezweckte. Aber sie fühlte die aufbauende Freundlichkeit, die Aura des Guten. Ihr wurde schwarz, alle Schleier fielen wieder, und sie sah. Wie ein geheilter Blinder. Bilder und wieder Bilder, ihr Geist griff nach dem Zusammenhang und brannte alles in ihr Hirn ein.

Das Wesen erzählte, nein, zeigte ihr eine Geschichte, und sie war willig zuzuhören. Es war die Geschichte einer Bekannten, eine kurze Geschichte, aber sehr aufschlussreich, und sie beantwortete ihre Fragen. Letztendlich gab der Griff nach, und sie befand sich in Freiheit. Menschliche Worte klangen in ihrem Kopf, sie wiesen ihr den Ausgang. So verließ sie diesen Ort um wieder in die Welt der Menschen zu gelangen, die unendliche Güte ihres überweltlichen Helfers hallte in ihrer Seele nach.

„Dein Geist ist frei, Deine Seele wieder an den Leib gebunden. Langsam erwachst Du aus dem friedvollen Schlaf, die Erinnerungen an den Weg zwischen den Welten mitnehmend. Du bist nun wieder hier im Greifbaren, in Deinem Hotelzimmer. Schlag die Augen auf, Petra."

Ein langes Einatmen folgte.

„Alles in Ordnung?"

„Mir geht es gut. Ich habe sie gesehen. Ich sah eine Kapelle. Die Kapelle von den Bildern des Internats, die Nikolai uns zeigte. Es war mir, als saugte sie mich in die Erde. Bilder von denen ich weiß, dass sie von unterhalb der Kapelle stammen. Bilder von Crawlanasa, gefangen in einem düsteren Raum. Aber sie existiert noch, man könnte sagen sie lebt. Melden wir es Nikolai."

Meldung von Nikolai Rosenheim:

(Bitte um Weiterleitung an Vern Krieger)

„Befehl zum Eingreifen um 0h. Es besteht die Annahme, dass sich Crawlanasa in oder unterhalb der Internatskapelle befindet. Gefahr besteht. Viel Glück. Erfüllung des Auftrages geschieht durch Sie allein."

Petra Corel war sichtlich erschöpft, ihre medialen

Kräfte waren stark, aber es erforderte viel Energie zwischen die Welten einzutauchen. Sie brauchte dringend eine Phase der Ruhe und des Schlafes und legte sich in ihrem Hotelzimmer hin. Beernheim ging zu dem Zimmer Walkers, welches sich auf demselben Gang befand. Zweifaches Klopfen reichte aus, damit sich die Tür öffnete, und Abraham den Pater hereinließ.

„Petra war erfolgreich. Wir haben Nikolai über den Dienstweg kontaktiert, unsere Partnerin ruht sich aus."

„Soweit also alles in Ordnung. Und was machen wir nun?", sinnierte Abraham.

„Gestern sagte der Leiter des Ritus ‚Heil Vlad'. Ich würde gerne wissen, wen er damit meinte."

„Vlad. Eine Bezeichnung für den legendären Vampir Dracula", gab Walker seine Vermutung preis.

„Nein. Ich glaube nicht, dass der damit gemeint war. Es muss etwas anderes sein. Vielleicht hat es mit Legenden von Vampiren zu tun, immerhin haben sie Blut getrunken. Aber es muss noch mehr mit der Sekte der Wende zu tun haben. Wir sollten mehr über die Sekte in Erfahrung bringen, auch über deren historischen Hintergrund."

„Gut, Michael. Fahren wir also in die gut sortierte, ungläubige Bibliothek meines Erzrivalen."

„Heinrich?"

„Ja. Fahren wir zur von Schattenbergs Privatbibliothek

und schlagen mal nach, was die von Schattenbergs so alles an Wissen gesammelt haben, das wir verwenden können. Heinrich hat mir erlaubt, sie zu betreten. Er betrachtet mich zwar als Rivalen. Aber trotzdem bleibt ein von Schattenberg stets fair."

Report von Nikolai Rosenheim:
„Unsere Nachforschungen haben endlich ein Ergebnis ergeben, obwohl wir nicht am Ende angelangt sind. Wir haben herausgefunden, dass sehr wahrscheinlich der letzte Wirtschaftsminister (Dennis Jameson) der Vereinigten Staaten von Amerika unser gesuchter Minister ist. Unter seiner Leitung gingen zahlreiche Summen in unbekannte und inoffizielle Kanäle, sowohl nach Afrika als auch nach Japan und Russland. Er trat später zurück, als innerhalb des Kongresses erste Gerüchte aufkamen. Keine Informationen darüber drangen an die Öffentlichkeit. Außerdem gibt es Indizien für ein mittlerweile eingestelltes militärisches Projekt, das der betreffende Minister persönlich unterstützt hat. Unsere Untersuchungen werden in diese Richtung weiter verlaufen. Weitere Reports erfolgen wie üblich."

Es war ein großes, altertümliches Gebäude, eine Art Herrenfestung, bestehend seit Jahrhunderten und nur soweit sorgfältig renoviert, wie es aufgrund des Verschleißes notwendig war. Im Inneren bestand es aus großen Sälen, die mit Torbögen untereinander verbunden waren. Die Wände waren in einem dezenten grauweiß gestrichen. Bilder aller Epochen, allerdings nicht wild gemischt, sondern mit einer strengen Ordnung, säumten sie.

Einfühlendes Licht hinterließ einen angenehmen Eindruck und ein wohliges Behagen. Innerhalb der Hallen waren große, hohe Regale aufgestellt, bis zur vier Meter hohen Decke mit Büchern aller Stärken gefüllt. An jeder Regalseite war eine verschiebbare Leiter angebracht.

Die Bücher waren nach einer inneren Logik der Bibliothek her geordnet. In jeder Halle stand ein Computerterminal, mit dem man anhand von gespeicherten Stichworten Titel und Autoren von Büchern heraussuchen konnte, falls man nicht direkt die Regale abgehen wollte.

Es gab Bücher über sämtliche paranormalen Geschehnisse dieser Erde: über Werwölfe, Berichte über Vampirismus, Religionen, Fanatismus, Massensuizid, UFO-Erscheinungen, Geistheilungen, exorzistische Aktivitäten, und vieles mehr. Abraham griff willkürlich ein paar Bücher heraus und fand auf den vergilbten Seiten neben der Schrift der Autoren zahlreiche handschriftliche Bemerkungen der Familie der Höllenjäger. Die von Schattenberg nahmen ihre Aufgabe wahrlich ernst, und Abraham hätte wetten können, dass sich in dieser Bibliothek unzählige spannende Geschichten verbargen, auch wenn die von Schattenberg sie mit Vernunft erklärt hatten.

„Ein gigantisches Wissen."

„Leider in den falschen Händen."

„Wer weiß, Abraham. Jemand anderes als Ihr Erzfeind könnte mit Aufzeichnungen von uralten Beschwörungsformeln wahrscheinlich tödliche Dinge anrichten. Ich bin froh, dass diese Buchsammlung Menschen gehört, die sie mit Verstand beurteilen. Es ist so gewiss besser für die Welt und alles, was sich um uns dreht", tat der Geistliche seine Meinung kund.

„Sie haben recht, Michael. Suchen wir nun nach nützlichen Hinweisen. Ich denke, die Sekte der Wende ist zu neu, als dass sich in diesen Büchern etwas darüber finden würde. Vielleicht finden wir in den neuesten Büchern Daten über die Gedomianer."

„Gut, Abraham, suchen Sie mal im Computer danach, ich blättere ein wenig in den Büchern über alte Sprachen."

„Okay, Michael."

Beernheim verschwand zwischen den Regalen, und Abraham näherte sich lächelnd dem Terminal.

„Na, kleiner Computerfreund, Du wirst doch schön artig sein."

Walker war angelangt, und seine Augen bestaunten den Bildschirm, und die dort ansässigen Textfelder, auf den ersten Blick nicht direkt wissend, was zu tun war.

„OK, Junge. Du spürst es, nicht wahr? Hast ja recht, süßer Computer, eigentlich rede ich liebe mit Menschen. Andererseits ist es manchmal angenehm, wenn jemand nicht sofort macht, was man gern von ihm will", während er weiter sprach begann er zu tippen, „ihr Computer seid da besser. Ihr leistet mir wenigstens Widerstand. Ich wünschte mir des Öfteren mehr menschliche Konfrontationen. Alle mögen mich. Wirklich alle. Und dabei ist es egal wie gut sie mich kennen oder was ich mache. Ihr seid da besser. Bei Euch binären Wesen sind alle Menschen gleich."

Beernheim war mitten in unverständliche Runenbücher vertieft, während Walker seine monologartige Konservation führte. Beernheims Finger glitten über die verblichenen Seiten, und sein Verstand fügte zusammen, was er in der geheimen päpstlichen Schule über Bedeutungen der Symbole gelernt hatte. Dieses Buch war für ihn unbrauchbar, er legte es beiseite und griff ein weiteres.

„Abraham, wo sind Sie?"

„Michael, kommen Sie her. Ich habe ein Buch

gefunden, in dem die Gedomianer knapp erwähnt werden, ein kleiner Absatz behandelt sie. Hier steht, dass die Gedomianer eine Sekte sind, die Jahlatar Gedomi, alias Pierre Brieux, den anderen Namen hat er sich selbst zugelegt, als Führer der Sekte zum Mehren seines Reichtums benutzte. Er verkündete das ewige Leben für seine Anhänger und vertrat die Ansicht, Leben durch das Trinken von Blut verlängern zu können. Er verkündete ebenso, dass er für die Welt sterben würde, und dass man ihm nachfolgen muss, sonst wäre man verdammt. Alles weitere kennen wir bereits."

„Vielleicht hatten Sie doch recht, Abraham. Die Gläubigkeit an Blutgenuß zum Verlängern des Lebens lässt deuten, warum ‚Heil Vlad' gesagt wurde. Es bezog sich wahrscheinlich wirklich auf Vlad Dracula, eine Art Trinkspruch in Gedenken an die Vampirlegenden. Ich fand übrigens heraus, was Jahlatar Gedomi, in einer längst vergangen Sprache einer frühen Form von Satanisten, bedeutet."

„Und?"

„In der mystischen religiösen Sprache die ich fand, kennzeichnet es den Träger der absoluten Macht."

„Also den höchsten Führer."

„Eher ein gottähnliches Wesen. Gott ebenbürtig. Dieser Mann litt nicht gerade unter starker

Selbstunterschätzung, Abe", grinste Beernheim.

„Ob wir mehr finden, Michael?"

„Ich glaube nicht."

Corel harrte verkrampft auf dem Teppich des Hotelzimmers. Mit zischenden Geräuschen sog ihr Körper Luft ein, und stieß sie wieder aus. Abraham klopfte einmal, zweimal, Pause. Er versuchte es erneut, lauter. Sie schlief.

Beernheim hatte ja gesagt, dass sie sich ausruhen würde, aber eigentlich tat sie dies bereits recht lange. Abraham drückte die Klinge der Tür hinunter und öffnete das Zimmer. Sie hatte nicht abgeschlossen. Er ignorierte das Schild ‚Bitte nicht stören' mit der ihm eigenen Gelassenheit und trat ein. Er fand seine weibliche Begleiterin in einem keineswegs natürlichen Zustand vor. Nach einem kurzen Überprüfen ihrer Lage hole Abraham rasch Pfarrer Beernheim. Michael trat zu der hübschen Frau und senkte sich über sie, aufmerksam ihre Reaktionen betrachtend. Er richtete sich wieder auf und legte Walker beruhigend die Hand auf eine Schulter.

„Sie ist unverletzt. Ihre Seele ist erneut vom Körper getrennt, anscheinend wurde nichts aus der geplanten Ruhephase. Ich denke, es überkam sie erneut ein medialer Schock, auf den sie nicht vorbereitet war."

„Sie meinen, sie ist wieder in einer Zwischenwelt?"

„Ja. Petra ist ein Medium. Sie kann sich entweder durch Hypnose gezielt in Trance versetzen, oder manchmal überfällt sie die Trance ohne ihr eigenes Dazutun. Das kann passieren, wenn sich ein überweltliches Wesen ihr mitteilen möchte. Wir werden sehen, was sie uns zu berichten hat, wenn sie zurückkommt. Ich werde ihren Zustand kontrollieren."

Beernheim und Abraham trugen Corel auf ihr Bett, und Beernheim setzte sich auf den Bettrand neben sie. Er legte eine Hand auf ihre Stirn und begann zu murmeln. Es verging eine Stunde, die beide Männer an ihrer Seite verbrachten, über ihren Zustand wachend, bis sich ihr Körper beruhigte, und Petra die Augen aufschlug.

Report von Abraham Walker:
(Bitte um Weiterleitung an Nikolai Rosenheim)
„Petra Corel ist heute unbewusst in Trance verfallen. In dem medialen Ereignis erblickte sie in der parallelen Zwischenwelt eine Art von Ritus, in dem sich zwei Männer in einem dunklen Raum aufhielten, eine ca. vierzehnjähriges Mädchen lag zwischen den beiden. Von einem der beiden Männern wurde dem Mädchen ein Dolch in die Kehle gebohrt, das Mädchen blieb bewegungslos. Der andere Mann trank von dem Blut,

welches aus der Kehle lief. Beiliegend sind zwei eingescannte Bilder, die Corel nach dem Erlebnis zeichnete, welche die Gesichter der Männer zeigen. Wir bitten um Analyse der Bilder."

Krieger hielt für einen Moment der Stille den Atem an, die aufkommende Angst in sich mit brüchiger Willensstärke bekämpfend. Mit zaghaften Handgriffen öffnete er unter den fernen schaurigen Klängen eines Nachttieres die Pforte zu der kleinen Kapelle. Mit eisiger Kraft drückte ein Windzug gegen die Tür, als wolle er verhindern, dass es Vern gelang sie zu öffnen.

Er schlich hindurch und schloss sie wieder, in der dunklen Halle stoppend. Seine Hand griff an den militärischen Einsatzgürtel und zog die lichtstarke Taschenlampe hervor, ebenso griff er mit der anderen Hand seine Handfeuerwaffe. Krieger hielt sie in altbewährter Position, die Arme an den Handgelenken über Kreuz, mit der linken Hand, die sich somit rechts befand, die Waffe haltend.

Die Taschenlampe aktivierte er, und der die Dunkelheit durchforstende Lichtkegel glitt von seinem Willen gelenkt über das Innere der Kirche, er selber dabei darüber reflektierend, dass es Crawlanasa gar nicht bestimmt war eine Kirche zu betreten. Dieser Ort war für sie tabu.

Der viel zu schmale Lichtstrahl schwebte über die hölzernen Bänke, wirklich unbequeme Sitzgelegenheiten, hinweg, zu dem zentralen Zentrum eines jeden Gottespalastes. Krieger ärgerte sich, dass er eventuelle Gegner außerhalb des Lichtes nicht sehen konnte. Außerhalb des mit seiner Taschenlampe beleuchteten Raumes sah er rein gar nicht.

Kurzfristig kam ihm der Gedanke von nächtlichen Wesen, die ihn taktierten. Scheinbare Augen in der Schwärze, reine Einbildung. Er war allein in diesem Hort des Herrn.

Der Lichtkegel hatte sein Ziel erreicht, klärend wie Crawlanasa diesen Ort unbeschadet hatte betreten können, und aufgrund dessen ein Schauer über Vern Kriegers Rücken zog. Das Kreuz hing falsch, die Beine des Jesusebenbildes zeigten gen Himmelskuppe, hinauf zur gewölbten Decke des Altarraumes, vor dem aus Mosaikteilen bestehenden großen rückwandigen Fenstern, welche zu dieser Nachtzeit keine Helligkeit hereinlassen konnten.

Krieger schritt den Innengang entlang auf den Altarraum zu. Er war ein Soldat, und sein Auftrag lautete Crawlanasa zu beschützen. Er würde diesen Auftrag erfüllen. Würde er? Er hatte keine Angst. Nicht viel. Er durfte keine Angst haben. Er hatte keine Angst.

Ich habe keine Angst. Keine Angst. Keinen Grund zur

Furcht. Ich habe keine Angst. Sich diese Sätze sagend erreichte er den Altar unbeschadet, mit einer ungewohnten Prägnanz das Kreuz spürend, welches an der Kette um seinen Hals hing und so an seiner Brust harrte. Er wußte nicht, ob dies ein gutes oder böses Omen war, er wollte es nicht wissen, sich keine Gedanken darüber machen, allein in dieser trostlosen Kirche, ohne Hoffnung auf Hilfe.

Er würde dies selbst durchstehen müssen, ohne Kampfgefährten. Ein Soldat führt seinen Befehl aus. Der Altar befand sich nicht auf der ihm planmäßig zugedachten Stelle, zumindest nicht im Vergleich zu anderen Kirchen. Einige Meter zurückgeschoben befand sich an seiner ursprünglichen Stelle nur ein großes Loch, in das eine steile Treppe von circa zwei Meter Breite hinabführte.

Wäre er kein Soldat, sondern nur Vern Krieger, hätte sein Herz in diesem Augenblick versagt. Doch sein Eid ließ es weiter pumpen, Schlag für Schlag. Schritte auf steinernem Boden bahnten sich ihren Weg die Treppe hinauf. Vern vernahm sie deutlich, bevor er dank guter und ausgereifter Reflexe die Taschenlampe löschte und davon huschte. Die Schritte näherten sich.

Crawlanasa lag angebunden auf der schrägen Bahre. Die metallenen Glieder an ihren Handgelenken und

Füßen vermochte sie trotz ihrer unmenschlichen Kraft nicht zu brechen. Der Grund dafür war ihr mehr als bewusst. Jede Berührung ihrer Haut mit diesen göttlichen Fesseln brannte sich in ihr verdammtes Fleisch. Die mystischen Zeichen auf den metallenen Hemmnissen waren Ketten genug.

Sie war hilflos, verletzlich und nahe dem Grade, an dem sie ihre untote Existenz verlieren würde, denn die Kraft der Toten verließ sie. Eben die Kraft, welche die Toten aus den Lebenden zehrten. Sie benötigte den pulsierenden Saft, den sie nachts gierig zu jagen bevorzugte, und dessen Anblick und Geruch sie erregte.

Sie verlor die Kontrolle, es dürstete der jungen Frau nach Blut. Doch trotz der Qualen, die sich auf ihrem geschundenen Leib abzeichneten, obgleich der Erschöpfung, die man ihr anmerkte, schaute der Mensch vor ihr sie nur teilnahmslos an, sich nicht bewegend, ihr die Hilfe verweigernd.

Er hatte eine Aufgabe erteilt bekommen und war dankbar bereit sie zu erfüllen. Sie hatte hier zu bleiben. Seinem Meister war bekannt, dass sie dies vernichten würde. Crawlanasas Mund entfloh ein gieriges Stöhnen, und ihre spitzen Zähne wurden sichtbar, als sich ihr Mund aufriss. Doch diese Zähne bekamen keine Beute.

Der Mann vor der Gefangenen grinste sie an und

weidete sich augenscheinlich an ihrem Qualen, es gefiel ihm. Er trat an sie heran und riss mit einer Hand an ihrem weißen verschwitzten Hemd, um ihren Oberkörper zu entblößen. Er war ihr in einem Punkt ähnlich, die Gier lenkte ihn. Etwas hartes und schweres prallte unbarmherzig auf seinen Kopf und benebelte seine Sinne. Er taumelte zurück, seine Hände nahezu willenlos zu seinem Kopf führend.

„Crawlanasa?"

Ihr Kopf pendelte von einer Seite zur anderen. Vern dämmerte sofort, dass etwas sie bezwang und machte sich sogleich an ihren Fesseln zu schaffen. Der niedergeschlagene Bewacher blickte auf den Eindringling, während sich seine vom Schlag getrübte Sicht aufzuklären begann. Er hob seine Hand mit der langsamen Geschwindigkeit einer unter dem Einfuß von Betäubungsmitteln stehenden Person in eine Lage, in der er sie betrachten konnte und bemerkte zwei Dinge gleichzeitig. Zum Einen war die Gefangene mittlerweile von dem Eindringling komplett befreit worden, nichts hinderte sie mehr, und zum Anderen war seine Hand besudelt voller Blut.

Für den Peiniger der Vampirin keine gute Kombination. Sie wußte, was sie dringend benötigte, und ihre geschärften Sinne spürten den fließenden Saft des Lebens in ihrer Nähe. Ihre Pupillen weiteten sich auf eine gefährliche Art und Weise, und ihre Augen weideten sich an ihrem blutenden Opfer.

Krieger richtete sich wieder auf, nachdem er ihr die letzte Fußfessel abgenommen hatte. Seine Augen folgten ihrem Blick, die Wache erblickend, von der er angenommen hatte, dass sein Schlag ausreichend stark genug gewesen war sie länger betäubt zu haben.

Ein Irrtum. Der Mann stand dort in der Nähe der Tür, doch diesmal war er voller Panik. Und seine ehemalige Gefangene, deren Körper er zuletzt hatte beschauen wollen, keineswegs hilflos. Sie war die Jägerin. Und er die Beute.

Krieger überlegte noch, ob er einschreiten sollte, als die Wache anfing zu fliehen, von Furcht gesteuert einfach davonlaufend. Leise knurrte das Raubtier in Menschengestalt, kurz verharrend. Doch nicht mehr haltbar, gerade nicht nach den Anzeichen von Angst bei ihrer Beute.

Crawlanasa stürzte vorwärts, die Beute würde ihr Nahrung schenken, ihr Dasein verlängern. Der Fliehende war voller Angst, er spürte den Tod nahen. Ein kraftvoller Stoß prallte gegen seinen Rücken, und er fiel auf den Boden dieses schier endlosen felsigen Ganges, einige Meter unter dem Gelände des Internats.

Ein geeigneter Ort für ein Grab. Er wollte seinen Körper aufrichten, doch gewaltsame Schläge prallten auf ihn ein und pressten ihn in die Erde. Wissend, welches Schicksal ihm drohte, wollte er ein letztes Mal aufschreien, doch dazu kam er nie.

Krieger war ihr gefolgt und sah sie nun auf diesem Mann kniend, sich aufbäumend und kurz davor hinab zu zucken um ihre Zähne in das Fleisch zu schlagen. Plötzlich hielt sie in der Bewegung inne und ließ von ihrem Beutetier ab. Sie dreht sich und kroch ein Stück zurück, lehnte sich an die steinige Wand und ihre Brust bebte erschöpft. Krieger, voller Sorgen um die junge Frau, sackte neben ihr auf die Knie und sprach mit sanfter Stimme zu ihr: „Crawl, was geschieht mit Dir?"

Mit einem zischenden lang anhaltenden Laut sog sie eine gewaltige Menge Luft in ihren Körper, und beim Ausstoßen entfloh ihr das Wort.

„Unrein."

„Was?"

„Blut … Blut"

Krieger blickte ihr in die Augen, einen Blick von ihr erhoffend, doch ihre Bewegungen wurden langsamer und der Blick merklich starr, an ihm vorbei gehend. Ihn überkam der Gedanke wie hart dies für sie sein musste, er vor ihr, ein menschliches Wesen voller wichtigem Saft.

Und im Stillen dankte er ihr dafür, dass sie sich in Hinblick auf seine Person mit einer grausigen

Willensstärke beherrschte. Er zog das Kampf- und Überlebensstandardmesser der Europian Defence Army und schnitt sich unter schmerzverzerrtem Gesicht eine tiefe Wunde in den rechten Unterarm, danach streckte er ihr die Wunde entgegen, der tiefe Einschnitt war unlängst unter der herausströmenden Flüssigkeit verschwunden.

„Trink!"

Kraftlos senkte sich ihr Kopf, und ihre Lippen senkten sich dankbar auf seinen Arm. Er hielt die ersten Sekunden, in denen sie Kraft aus ihm schöpfte, den Atem an. Immer leichter fiel es ihr, ihren Durst mit seinem Blut zu stillen. Ihre Energie wuchs mit jedem gierigen Schluck, sie trank und trank. In dem Soldaten stieg die Panik, dass sie nicht aufhören würde. Aber er war wie gefesselt, seit sie begonnen hatte zu trinken.

Als es ihr besser ging wickelte sie ein Stück von dem Hemd der toten Wache fest um seinen Unterarm um die Blutung zu stillen. Ihr Erstaunen über seine Handlung war ihr anzusehen, sie wirkte merkwürdig scheu ihm gegenüber.

„Warum hast Du nicht von ihm …"

„Er ist unrein. Sein Blut pulsiert nicht."

„Er ist ein Untoter?"

„Nein. Nur unrein. Er diente dem Bösen. Ich habe es deutlich vernommen, der Geruch seine Blutes ist Böse.

Es ist kein nahrhaftes Blut, unnötig es zu trinken …
Danke, Vern."

Er blickte in die dunkel funkelnden Augen und nickte
ihr mit einem nicht einzuschätzenden Gesichtsausdruck
zu.

„Lass uns gehen, wir müssen hier raus."

Meany hatte eine lange Zeit damit verbracht ausgiebig
zu duschen, er hatte sich tüchtig eingeseift und alles
wieder abgewaschen. Nun trat er aus der Duschkabine
in das kaum erwärmte Badezimmer, leicht fröstelnd
richteten sich seine Körperhaare auf, eine
Abwehrreaktion gegen Kälte, aus Zeiten geerbt, in
denen die Menschen noch dicht behaarte Felle als
Schutzmantel besaßen. Er trocknete sich erneut mit
dem Tuch und zog sich den Bademantel über. Ein
freudiges Lied pfeifend trat er aus dem Badezimmer in
seinen Wohn-, Schlaf- und Kochraum, erschrocken
stehenbleibend und verblüfft das Zimmer musternd.
Zahlreiche Kerzen waren aufgestellt worden, während
er Zeit im Bad verbracht hatte. Ihr flackerndes Licht
verbrachte angesichts des Eindringlings keine
romantische und idyllische Stimmung, sondern
hinterließ eher einen düsteren Nachgeschmack.

„Herr Professor?"

Auch in diesem Augenblick der Furcht verging

Meanys Einfältigkeit nicht. Er war ebenso sorglos, wie ein Kind im Karussel.

„Hab keine Furcht, Sohn unser aller Vaters, Dein Leben steht unter dem Stern des Herrns. Du bist auserwählt zu dienen und zum Zeichen zu werden."

„Äh ... Professor?"

Meany spielte seine Rolle ein wenig dümmlich, während er sich fragte, wieso er eigentlich alleine in dieser unangenehmen Situation war. Was hatte Nikolai geplant, etwa Meany in einer Falle zu schicken? Warum?

„Ich bin Ibrahim, der Seelennehmer."

Der Professor machte eine Handbewegung auf Meany zu und ein weißes Pulver wurde aufgewirbelt. In diesem Moment geschahen mehrere Dinge gleichzeitig: Meany musste niesen, noch bevor ihn der Staub erreicht hatte. So heftig, dass sein Oberkörper nach unten stieß.

Ein Windzug strömte durch das gekippte Fenster des Badezimmers durch die Badezimmertür um aus dem offenen Wohnzimmerfenster zu entfliehen. Dabei wurde die Badezimmertür zugeworfen und traf Meany am Gesäß, der von dem plötzlichen Ruck nach vorne geworfen wurde, und mit dem Kopf in die Genitalien des Professor stieß.

Dieser sackte daraufhin nach unten, fiel über Meany

und in die Staubwolke hinein. Als Meany unter ihm hinweg gekrochen war, und den Zustand des Professors überprüft hatte, fand er diesen tot vor. Das Pulver hatte seinen Sold erfüllt.

Meany spürte die Kälte durch das offene Fenster strömen und schloss es, bemerkend, dass sich ein kleines rundes Loch in der Scheibe befand. Dies überprüfend stellte er fest, dass in der Wand bei der Kochnische eine Patrone steckte. Nikolai hatte ihn also nicht allein gelassen, sondern einen Schutzengel in der Nähe stationiert, dessen Schuss allerdings dank Kiefer Meanys pechvollen Glücks überflüssig gewesen war.

Auf ihrem Weg den mit Fackeln ausgeleuchteten Gang entlang, fühlte sich Krieger endlich wieder gut, richtig gut und zufrieden. Wie sonst. Er war ein Soldat, der eine junge Frau zu beschützen hatte, und er vollzog diesen Job. Mit dieser Aufgabe konnte er leben, er als der starke Soldat, und nichts Unheimliches. Nichts?

Er stützte sie ein wenig beim Laufen. Sie benötigte diese Hilfe nicht, ihre Schwäche war nach dem Genuss seines Blutes vergangen. Allerdings wollte sie ihm seine Illusion nicht nehmen, die ihn in diesen unterirdischen Ort der übersinnlichen Macht am Leben hielt. Mit einer gewissen gespielten Hilflosigkeit, die ihr eigentlich nicht eigen war, lehnte sie sich an ihn.

Kriegers momentane Impertinenz gegenüber Paranormalitäten, die er derzeitig einfach zu ignorieren glaubte, rächte sich auf die besondere Weise der Welt selbst. Er spürte den eisigen Zug, fern jeden Windes. Die Zugluft des Bösen, die Aura des Übermächtigen, die alle Stärke verzehrende, sich räumlich ausbreitende Vernichtung. Die Böen der Hölle.

Kein fleischliches Hindernis, welches voller Glauben und Vertrauen gegenüber dem guten Herrn der Erde war, gab es für diese Welle der Satanität. Kriegers Leib wurde durchgeschüttelt von den Vorboten des Herrn des Bösen, und sein Atem stockte, nicht mehr gelenkt durch den angeschlagenen Geist.

Die schlimmsten Vorahnungen durchdrangen sein Herz, und Krieger verlor alles was eine Seele dem Menschen bot. Tote Seelen säumten den Weg des Bösen. Er sank auf den Boden, zitternd, die Tränen der Angst und Hilflosigkeit an den Wangen herablaufend. Er war noch vor dem Kampf besiegt, am Ende des pulsierenden Lebens angelangt. Kein Feind hatte ihn jemals so attackiert.

Crawlanasa Mantoine verstand seine Gefühle, lang vergessen waren eben diese Eindrücke, die auch sie einmal überfallen hatten. Damals war ihr Leben verworfen und eine neue Existenz wurde ihr geschenkt. Aufgezwungen. Ohne um ihr Einverständnis zu bitten.

Sie hätte damals auch endgültig sterben können. Nicht auf die konventionelle Weise, sondern der Körper verwesend und die Seele aufgesogen vom höllischen Diener, dem Mitglied der Gilde, der auch sie angehörte. Doch sie war unter einem anderen Zeichen beigetreten. Sie streichelte Vern Krieger, dem ihr lieb gewonnen menschlichen Soldaten, mit einer altvertrauten Sanftheit über die Haare. Eine längst vergangene Geste der menschlichen Welt, wissend ihrem Retter nicht helfen zu können. Nicht so, wie er es benötigt hätte.

Sie schritt davon, seine Sinne vernahmen sie nicht mehr. Crawlanasa ging in Richtung der eintreffenden Wellenzüge der Allmacht. Es würde sich zeigen, inwieweit die ihr übertragene Macht sich mit der des Eindringlings vergleichen ließ. Sie näherte sich dem Störenfried in dem friedlichen Raum. Als sie die Stufen emporstieg, den entweihten Kirchensaal betretend, in dem der Norm entsprechend eigentlich eine Gemeinde Gott ehrte, war dort der Erreger der sich ausbreitenden Wogen der dunklen Aura. Hier fand sie den erwarteten ansässigen Diener des verführerischen Antichristen, beleuchtet in dem Licht einiger weniger Fackeln.

„Crawlanasa Mantoine."

Eine dunkle, Macht verbreitende Stille. Voller Wissen. Und eine versteckte Grausamkeit des Gottseibeiuns beinhaltend, eine der zahlreichen Bezeichnungen Luzifers. Die junge Untote näherte sich ihrem Feind, einem Schatten menschlicher Gestalt, eingehüllt in dunkle Tücher, festsitzend und umschlungen wie ein prunkvoller Umhang der Schwärze.

„Meine junge Dienerin."

Sie hielt kurz inne, dann umkreiste sie ihren zurückhaltenden Gegner, der ihrer Bewegung erst nicht folgte. In seinem Rücken stoppte sie, und er wandte sich, während er die Worte im Raum verteilte.

„Geschätzt sei Deine Anwesenheit an diesem mir geweihten Ort. Unterwerfe Dich meiner Hitze, mein Blut fließt in Deinen Bahnen."

„Niemals", sprach Crawl mit leiser Stimme, sich den Konsequenzen bewusst.

„Meine Führung überkommt die Wesen der Nacht – alle Wesen der Nacht. Ich bin Dein Herr, die Autorität der verkehrten Welt, der Quell der nächtlichen Energie. Unterwerfe Dich! Nichts kann Dich erretten, außer meinem Willen."

„Nein", erwiderte sie ohne Umschweife.

„Ich bin mit vielen Namen beseelt, trage Bezeichnungen aller Ort, aber eine reicht aus. Ich bin der wahre Fürst."

Crawlanasa spürte keine Angst mehr, keine Warnung der Instinkte, die Furcht hatte ihren Leib verlassen. Sie kannte das Folgende und war bereit, es einzugehen. Dankbarkeit überkam sie, dass der Schöpfer ihr, trotz ihrer verdammten Existenz, die Kraft schenkte zu verneinen.

„Die Qualen seien mit Dir", sprach der Fürst der Finsternis.

„Und mit Dir."

Es war nicht Crawlanasa, der diese abschließende Bemerkung entfleucht war. Es war der letzte Lebende, welcher aus der Geheimtreppe beim Altar an die Oberfläche gedrungen war, unter dem unchristlichen Kreuz aufgerichtet. Die schwarze Gestalt wandte sich in seine Richtung. Krieger hatte seine Standardmilitärpistole gezogen und zielte.

„Nichts kann den Fürsten der Nacht töten."

Krieger war dermaßen abgebrüht und beherrscht, er war ein Ruhepunkt in diesem Tempel der Emotionen. Er hatte sich mit einer aufkommenden Willensstärke gefangen, die er nie zuvor vernommen hatte. Er war eine Stufe der Erfahrungsleiter emporgestiegen. Ein Satz im Sinne der traditionellen Rollenspieler.

Der Soldat hatte einen Gegner vor sich, einen Feind. Und jeder Soldat wußte, wie er in solchen Momenten handeln musste. Ein geformter Feind machte Krieger keine Angst, im Gegensatz zu untergründigen Gefühlen.

„Wir werden sehen. Crawlanasa, runter."

Krieger presste den Abzug in begnadeter Überlegenheit, das austretende Geschoß dadurch, unter dem Lachen seines Gegenübers, beschleunigend. Die Patrone drang in der oberen Mitte des Oberkörpers ein, dort, wo Krieger gelernt hatte bei Menschen das Herz zu erwarten. Das Menschen todbringende Geschoß verließ Kriegers Ziel auf der Rückseite und blieb in der Kirchenwand stecken.

Langsam starb das Gelächter des schwarz gekleideten ab, als dieser wegsackte. Es war nichts Böses mehr zu vernehmen, sobald die Gestalt bewegungslos am Boden der Kirche lag. Crawlanasa, über welche die Kugel so eben hinweg gestreift war, richtete sich langsam wieder auf. Sie sah verblüfft zu Vern Krieger und sprach nur ein Wort fragend aus.

„Wie?"

Krieger zuckte mit den Schultern, bevor er eine Antwort zu geben versuchte.

„Mit einem Gemisch aus Holz und Silber versehene Spezialpatronen. Rosenheim hat diese Bewaffnung angeordnet."

Er trat näher an die erschossene Figur heran. Plötzlich gab es von oben ein schwer einzuordnendes lautes Geräusch. Die zwei Ketten, an denen das verkehrte Kreuz aufgehängt war, rissen. Das schwere Objekt aus zwei orthogonal zueinander stehenden Balken mit einer darauf genagelten Statue fiel zu Boden. Zu seinem Glück hinter Krieger, da dieser bereits seinen Standpunkt verlassen hatte. Er hielt nur flüchtig in der Bewegung inne. Sowohl Crawlanasa als auch er ignorierten diese letzte Attacke auf ihr Wohl, und Krieger kniete bei der Gestalt nieder.

„Damit hättest Du auch mich in der Nacht auf dem Friedhof vernichten können."

„Mag sein."

Crawlanasa erinnerte sich nun mit einem gewissen Unbehagen an die Situation ihrer ersten Begegnung, während Krieger die Kapuze des Toten wegzog. Der Kopf des Direktor dieses Internats wurde sichtbar. Sein Gesicht war in friedlicher Weise verzerrt, die angenehmen, ewig währenden Schmerzen der Hölle erwartend. Schmerzen einer toten Seele.

„Crawl, war er es, der, ich meine war es nur der Direktor oder …"

„Der, den Du meinst, trägt viele Gesichter und ist in vielen Körpern zu Hause, sich seinen Dienern bedienend."

„Seine Diener?"

„Alle Geschöpf der Nacht und diejenigen Menschen, welche ihn verehren."

„Du bist ein Geschöpf der Nacht", stellte der Soldat

fest.

„Aber kein Diener. Ich erkläre es Dir später. Lass uns diesen Ort verlassen."

„Wir brauchen Anhaltspunkte für weitere Ermittlungen."

„Ich habe sie in mir."

Sie verschwanden in der Nacht, durch das von Krieger beim Eindringen aufgebrochene Haupttor fliehend. In ausreichender Nähe, damit man den Motor im Internat nicht hatte hören können, hatte er den Wagen geparkt. Sie verließen die Gegend auf dem schnellsten Weg, Krieger hielt sich nicht an die vorgeschriebenen Höchstbeschränkungen für die Geschwindigkeit.

Nach einer Stunde ununterbrochener Fahrt, während der Schweigen im Wagen herrschte, erreichten sie München. In einem, die Nacht über geöffneten Schnellimbiss ließen sie sich nieder. Krieger orderte einige Hamburger. Sein Magen hatte ihm höchst dezent erklärt, dass er Hunger verspürte.

„Crawl?"

Sie wollte zuerst nichts essen, geschweige denn trinken. Nicht an diesem Ort. Hier gab es gewiss nichts Nahrhaftes für sie, wie sie annahm. Zur absoluten Verwirrung der Bedienung fügte Krieger der Bestellung rohes Hackfleisch hinzu, welches Crawlanasa unter dem irritierten und entsetzten Blick der zwei Frauen vom Personal, in dem ansonsten leeren Raum voller Sitzgelegenheiten, verschlang. Nach dem stärkenden Mahl fing sie nach einiger Zeit, in der sie in Gedanken geschwelgt hatte, an, Krieger eine Erklärung zu geben.

„Vern, hörst Du mir zu?"

„Sprich", murmelte er immer noch essend.

„Ich verstehe selber nicht genau die Wege der Dunkelheit. Aber ich werde Dir sagen, was ich darüber denke. Ich bin ein Wesen der Nacht. Aber obwohl ich dies bin, überfällt mich nicht das Jagdfieber nach menschlichem Blut, welches meine Art sonst leitet. Ich spüre Gier, aber ich konnte mich immer beherrschen Menschen anzufallen. Obwohl ich vom Bösen infiziert bin, schwebt eine gnadenvolle Hand über mir, die einen großen Teil meiner selbst erhielt. Daher kann ich Menschen nicht einfach töten um Nahrung zu erlangen. Vor einigen Jahren, ich war nachts unterwegs, kam von einem Kinobesuch zurück, bemerkte ich Schritte hinter mir. Ich war ein junges Mädchen, eine sehr junge Frau, ich wußte von den Gefahren, aber nie hatte ich ernsthaft daran gedacht. Bis mich der Mann mit roher Kraft packte und mich festhielt. Ich dachte an eine Vergewaltigung, sofern ich denken konnte. Zum Teil war es das auch, er war so voller Brutalität. Danach kam er zu seinem viel schlimmeren Anliegen. Ich sah die Reißzähne glitzern. Ich fiel fast in Bewusstlosigkeit, aber das gelang mir leider nicht. So musste ich alles spüren. Er biss mich in den Hals und infizierte mich, während er meine Kraft aussaugte. Da bemerkte ich es. Es fesselte meinen Blick, ich widmete dem Zeichen alles, während es auf mich schien. Aus der Ferne strahlte vom Dom das beleuchtete Kreuz auf mich herunter, als wollte es mich beschützen. Irgendwann ließ er von mir ab. Er hatte mich nicht aufs Letzte entleert, ich lebte noch. Er zwang mich, etwas Blut von ihm zu nehmen. Dann hat sich mein Dasein verändert. Ich bin ein Geschöpf der Nacht geworden, wie das Wesen, welches mich biss. Symbole des Göttlichen verletzen mich, ebenso wie Helligkeit, aber etwas unterscheidet mich von den anderen nächtlichen Jägern. Ich bin kein willenloser Diener des Herrn der Furcht. Niemals."

„Welche Anhaltspunkte hast Du gefunden, Crawl?"

„Ich bin im Morgengrauen aus Deinem Hotelzimmer verschwunden und in das Internat zurückgekehrt. Es war noch ausreichend Zeit um einige Untersuchungen anzustellen, und ich begab mich zu Kirchbachs Büro. Ich hörte Kirchbachs Stimme aus dem Büro, ich glaube er sprach russisch. Es schien, als unterhielte er sich mit jemanden. Aber die Antworten konnte man nicht hören. Also benutzte er ein Kommunikationsgerät, und er klang dabei sehr erregt. Um es kurz zu machen:

irgendwann verließ er das Büro. Ich hatte mich versteckt, drang ein und überprüfte, welche Nummer er zuletzt gewählt hatte. Ich habe sie mir gemerkt. Zu Unterrichtsbeginn wurde ich von einem Lehrer zu Kirchbach geschickt, der eine Nachricht von meinem Bruder hätte. Ich wunderte mich, ging aber hin. Es war eine Falle. Mehrere Leute waren da, sie besaßen geweihte Symbole und bändigten mich. Sie fesselten mich mit in Weihwasser getauchten Ketten mit eingravierten Kreuzen. Ich konnte mich nicht wehren."

Meldung von Kiefer Meany:
(Bitte um Weiterleitung an Nikolai Rosenheim)
„Auftrag abgeschlossen. Professor aufgrund eigenen Giftes gestorben. Bitte um Obduzierung der Leiche und Rückmeldung."

Die Rückmeldung traf nach zehn Minuten ein.

Meldung von Nikolai Rosenheim:
(Bitte um Weiterleitung an Kiefer Meany)
„Sofortiges Verlassen der Wohnung. Übernachtung in einem Hotel angebracht. Wir kümmern uns um alles. Gut gemacht. Morgen treffen mit mir, Ort und Zeitpunkt des Treffpunktes folgen."

Zu ihrem Glück hatte das Hotel noch ein Zimmer frei, wenn es auch die Hochzeitssuite war. Doch sowohl Crawlanasa als auch Vern Krieger waren beide der Ansicht, dass das für sie kein Problem darstellte. Nur der Nachtportier hatte einen innigen Konflikt damit, dass leicht lädiert wirkende Paar in dieses Hotel einzulassen. Doch ausreichend Bargeld, mit dem Vern von Rosenheim ausgestattet worden war, überzeugten ihn.

Krieger schloss die Tür auf, noch immer mit ausreichend Glückshormonen gefüllt, die sein Körper vor Freude ausgestoßen hatte, nachdem er wußte, dass sie entkommen waren. Er lehnte sich freudig lächelnd an den Türbalken und grinste sie breit an. Er hatte den ihn ängstigenden Feind besiegt und fühlte sich gut wie nie zuvor.

„Das ist die Hochzeitssuite. Ich muss Dich über die Schwelle tragen."

Belustigt glitzerten ihre Augen auf. Aufgrund der Kontaktlinsen, welche sie wieder trug, wirkten ihre Pupillen natürlich. Er ergriff sie mit starken Armen. Seine Muskeln brauchten sich für ihr geringes Gewicht nicht sonderlich anzuspannen. Die glückliche Blutdürstige wurde von Krieger in die stilvoll eingerichtete Suite getragen. In einem Anflug von Romantik schloss der Soldat die Tür mit einem Stoß seines Fußes und legte die junge Frau auf das kunstvolle Himmelbett, sie blickte ihn überrascht an.

„Ich bin ein Vampir", protestierte sie.

Er verschwendete daran keinen Gedanken, sondern blickte über den, sich unter der dicht anliegenden Kleidung abzeichnenden Körper und auf das charaktervolle Gesicht.

„Du bist hübsch."

„Ich …"

„Pssst."

Er legte sich zu ihr und beugte sich hinüber, die Gesichter beieinander verharrend.

„Weißt Du auch, was Du tust, Vern?"

„Du würdest mich nie verletzen, Crawl. Du hast mich nicht gebissen, selbst als Deine Existenz gefährdet war."

„Und Du hast mich gerettet, als Du mir Dein Blut schenktest."

„Ich denke, ich weiß was ich tue. Wie ist es mit Dir?"

„Ja."

Mit langsamen gefühlvollen Bewegungen knöpfte er ihr Hemd auf, während eine Hand sie an ihrer Wange berührte. Seine Gesicht näherte sich ihrem mehr, und er küsste sie behutsam, die Leidenschaft inbrünstig steigernd, als sie ihren Mund dabei öffnete. Er schlug ihr geöffnetes Hemd beiseite, und seine Hand liebkoste ihren entblößten Oberkörper, längst vergessene Emotionen auslösend. Ihr Knospen erblühten und reckten sich ihm entgegen. Sein Gesicht schwebte immer tiefer über ihre nackte Haut, und seine Zunge erregte sie an ihren erogenen Zonen. Er saugte an ihren lustvollen Blüten, während sie seinen Kopf hielt, die Haare fest umklammernd in Lust und Erinnerung schwelgend.

Seine Zunge tastete sich weiter hinab, ihre Rundung abwärts und den flachen Bauch entlang, das Zentrum des allgemeinen Liebesspieles vorerst überspringend und vom Bett kletternd. Ihr Griff löste sich dabei. Er kniete an ihrem Fußende nieder und entblößte mit geschickten Handgriffen ihre Füße. Wärme an ihren kalten Leib spendend, massierte er ihre Füße, einen Augenblick lang kitzelte dies, und sie kicherte beglückt. Sein Kopf tauchte an ihrem Fußende erneut auf und näherte sich ihr, den Weg zwischen den Beinen entlang folgend. Unter ihrem Blick verharrte sein Kopf, und er ergriff mit den Zähnen ihren Gürtel, mit geübten Bewegungen vermögend auf diese Weise ihre Hose zu öffnen, während seine Hände mit ihren spielten. Er zog ein wenig, und sie reckte sich zu ihm. Seine Arme hoben sich, und sie schob seinen Pullover hoch, ihn entkleidend. Ihre Oberkörper schmiegten sich aneinander, ihre körperliche Kälte kühlte seine aufgereizte Hitze auf angenehme Weise. Ihre Hände glitten seine robuste Gestalt hinab und schoben sich in seine Hose, in rhythmischen Bewegungen sein Gesäß herzend. Seine Hände strichen über ihren Rücken, während er von ihren Augen gefesselt den Blick nicht von diesen lassen konnte, ihre stürmischen Küsse begierig erwidernd. Schließlich öffnete sie seine Hose, ihre Zungen vereinigten sich bereits. Sie löste sich mit Nachdruck von ihm und legte sich zurück auf das weiche Bett. Er kniete noch immer zwischen ihren Beinen und schaute auf sie hinab, über ihre kurzen Haare, das hübsche Gesicht, den anmutigen Körper und musste unwillkürlich liebevoll lächeln. Sie erwiderte seinen Blick und löste sich ganz von ihrem bereits aufgeknöpften Hemd. Er stand vom Bett auf und ergriff ihre Hosenbeine, von ihr aufmerksam betrachtet daran ziehend und sie somit völlig entblößend. Vor ihr stehend ließ er auch seine letzten Habseligkeiten fallen und näherte sich wieder. Erneut beugte sie sich zu ihm und sie verharrten in der gleichen Stellung wie zuvor. Ihre Hände glitten wieder hinab, und während beide einander sanft die Lippen aufdrückten, berührten ihre Hände ihn zaghaft, ihn betastend, sein Glied daraufhin mehr und mehr erigierend. Sie trennte erneut ihre Verbindung mit ihrer kraftvollen Stärke, der er nichts entgegenzusetzen hatte und wandte sich, vor ihm nieder kniend und ihren Po an sein Becken pressend. Seine Hände überfuhren ihren Oberkörper als sich ihr Rücken an seine Brust schmiegte. Sie umfasste seine linke Hand und bewegte sie zu ihrem Mund, den Daumen einführend und mit der Zunge umfahrend, ihre Hände seine haltend. Spielerisch umfassten ihn ihre Zähne, nur wenig Druck ausübend. Während sich beide auf dem Bett im beschleunigten Takt wogen und lustberauschte Laute ausstießen, die stetig mehr zur Ekstase aufstiegen, tastete sich seine rechte Hand hinunter zu ihrem Schritt.

Rosenheim beriet sich mit Heinrich von Schattenberg. Meany war noch nicht eingetroffen, er hatte sich aber gemeldet, dass er seinen Flug verpasst hatte und nachkommen würde.

„Wir haben nun den Minister, wir wissen, dass Corel ihn in Trance mit einem anderen Mann gesehen hat. Bei der Szene wurde ein Mädchen ermordet, und der Minister trank von ihrem Blut. Von den Berichten Walkers wissen wir, dass die Sekte davon ausgeht, dass man Leben mit dem Genuss von Blut verlängern kann. Wir haben mehrere erfüllte Prophezeiungen nach Plan. Und es scheint, als wenn Minister Dennis Jameson irgendwie in unsere Sache verwickelt ist. Des Weiteren haben wir eine Kontaktnummer, die zu einem

Moskauer Kommunikationsgerät gehört. Und nicht zu irgendeinem Moskauer Bürger, sondern zu dem Führer der Moskauer Nationalisten, Vladimir Jakowlew. Passend dazu die Beobachtung einer Zeremonie unserer Sekte und das Zitat ‚Heil Vlad‘, das somit eine andere Bedeutung besitzt, als bisher angenommen. Und auch die letzte Prophezeiung passt mit Gedanken an Jakowlew: kommt er an die Macht, so wird die Wahrscheinlichkeit eines Krieges zwischen Russland und Europa recht groß. Jetzt kommt die entscheidende Tatsache, über die ich gerade Kenntnis erhielt. Mir war Jakowlew bislang nicht näher bekannt, aber ich hab vom Dienst Meldung erhalten, dass das nicht identifizierte Bild des Fremden aus Corels Vision ihn zeigt. Ich vertraue Corel. Jameson hat oder hatte etwas Böses mit Jakowlew zu schaffen."

„Nikolai, Sie sollten wissen was ich darüber denke. Aussagen in Trance. Wahrscheinlich hatte Corel diese Bilder im Kopf und hat wirres Zeug geträumt, nur Zufall", protestierte von Schattenberg.

„Heinrich, Sie leugnen verzweifelt. Krieger gelangt es nur mit der Spezialkugel Kirchbach zu töten", bemerkte Pfarrer Beernheim.

„Er hat keine andere Kugel auf den Direktor abgeschossen. Woher wollen wir wissen, dass ihn nicht auch eine einfache Patrone getötet hätte?"

Für kurze Zeit herrschte Stille in der Gruppe. Rosenheim lächelte beinahe nachsichtig: „Da haben Sie recht, Heinrich. Nun gut, dennoch dürfen wir die Zeichen nicht übersehen. Wir haben die Pflicht den Dingen nachzugehen. Ich habe die Vermutung, die Geschichte wird in Moskau weitergehen und habe daher allen den Befehl gegeben sofort nach Moskau zu reisen. Washington bucht uns bereits einen Flug."

„Und was ist mit dem Professor, den Meany ausgeschaltet hat?"

„Ich habe vorhin einen Bericht vom Dienst erhalten. Es sind keine Ursachen für seinen Tod festzustellen. Das Pulvergift, welches Meany beschrieben hat, scheint keine Spuren zu hinterlassen. Es scheint, als wäre der Professor sanft entschlafen. Allerdings hat sich auch das Pulver spurlos aufgelöst. Hätte Meany es eingeatmet, wäre er vermutlich am nächsten Tag aufgeschlitzt vorgefunden worden. Davon abgesehen, dass er von einem Trupp unbekannter Agenten beschützt wurde, deren eingreifen sich als nicht nötig herausstellte.'

„Es hätte trotzdem knapp für Meany werden können, Nikolai", meinte von Schattenberg missbilligend.

„Nichts kann Meany schaden, höchstens er sich selbst. Darauf würde ich mein Leben setzen, Heinrich. Weitere Nachforschungen haben ergeben, dass der Professor ungefähr eine Stunde vor dem Anschlag mit dem Internat telefoniert hat. Alles passt zusammen."

„Stellt sich nur die Frage, warum."

„Weil die daran glauben, Heinrich. Sie sind überzeugt davon den Willen Jahlatar Gedomis erfüllen zu müssen, ihrem Glaubensführer, der auch nach seinem Tod immer noch auf sie einwirkt. Wer weiß, vielleicht ist Wahres an der Geschichte."

„Nikolai, ich sehe nur die Gefährlichkeit der Sache. Ist es nicht absurd zu sehen, wohin der Fanatismus eines Menschen führen kann, und wie stark er damit andere infiziert?"

„Heinrich, stellt sich nicht die Frage, wie man Menschen beeinflussen kann, wenn alles was man sagt falsch ist? Vielleicht konnte er ihnen Wahrheiten aufzeigen, die seine Anhänger vorher nicht kannten."

„Ich denke, in diesem Punkt werden wir uns nicht einigen können, Nikolai. Suchen wir lieber Jameson auf, die Zeit läuft uns davon, wenn Sie heute überdies noch nach Moskau fliegen wollen."

Meldung von Nikolai Rosenheim:
(Bitte um Weiterleitung an alle)
„Sofortige Reise nach Moskau erforderlich. Alle Ermittlungen einstellen. Treffpunkt Moskauer Hauptfriedhof KC, 17h Europäische Standardzeit, 20h

Moskauer Zeit, Grab 1612."

„Sie möchten gerne Mister Jameson sprechen? Sind Sie denn angemeldet?"

„Ich denke, er wird uns einen Besuch nicht verwehren. Mein Name ist Nikolai Rosenheim, und mein Anliegen ist von äußerster Wichtigkeit. Zeigen Sie ihm dieses Bild, er wird sicherlich verstehen."

„Bitte warten Sie einen Augenblick, meine Herren."

Die Tür zu dem großen Herrenhaus schloss sich erneut, das Dienstmädchen dahinter verschwindend.

„Ist es klug ihn mit dem Bild zu warnen, Nikolai?"

„Irgendwie müssen wir seine Aufmerksamkeit erregen. Wir haben nicht viel Zeit, das Flugzeug nach Russland startet bald.'

Das Dienstmädchen kam nach mehreren Minuten zurück und ließ sie herein.

„Mister Jameson erwartet Sie im Salon."

Die Hausgehilfin bat ihnen einen Sitzplatz an, Jameson saß still in einem Sessel und rauchte Pfeife, mit dem Griff eines Kenners den Knauf haltend. Schweigend verharrten alle bis das Hausmädchen verschwunden war und zusätzlich noch einige weitere Minuten. Jameson, den sie aufmerksam beobachteten, wirkte ernst und nachdenklich, leicht zurückgezogen.

Aber nicht panisch. Schließlich setzte er die Pfeife vom Mund ab und mit einer freundlichen, aber scheinbar traurigen Stimme begann er das Gespräch.

„Sie kommen von Vlad?"

„Was könnten wir dann wollen?"

„Habe ich nicht genug gelitten? Reicht es nicht endlich? Ich wünschte mir, vor Jahren anders gehandelt zu haben. Wäre ich doch gestorben, ich würde nicht unter dieser Schuld stehen. Also, was diesmal?"

„Mister Jameson, wir wissen von Ihren Verschwendungen von Regierungsgeldern. Und von ihrem Kontakt zu Vladimir Jakowlew, bei dem mindestens ein junges Mädchen sterben musste. Wir verlangen von Ihnen eine Erklärung."

„Sie kommen nicht von Jakowlew?"

„Was haben Sie uns mitzuteilen?", forderte Heinrich den Politiker auf.

„Ich verstehe. Sie ermitteln gegen Jakowlew, aber wollen nicht davon sprechen. Sie werden es nicht leicht haben. Um genau zu sein haben Sie keine Chance. Ich dachte damals, ich würde mit ihm fertig. Gut, ich stand unter Druck, aber ich unterschätzte ihn tatsächlich. Ich war so töricht und bin diesen Pakt mit ihm eingegangen."

„Erzählen Sie mir mehr über den Pakt, Mister Jameson."

„Gern. Es ist an der Zeit endlich alles von der Seele zu sprechen, falls ich eine Seele besitze, und sie noch nicht abgestorben ist. Da bin ich mir nicht mehr sicher. Ich war schwer krank während meiner Zeit als Minister und musste dies geheim halten, sonst hätte ich meine Stellung gleich abtreten können. Die Ärzte gaben mir höchstens drei weitere Monate zu leben. Ich hatte mir den schwersten Lungenkrebs zugezogen, den man haben kann. Seit dem rauche ich nur noch Pfeife. Ganz aufgeben kann ich das Laster nicht. Irgendwie hat es sich trotz aller Geheimhaltung in dunklen Kanälen herumgesprochen. Eines Tages bekam ich von einem Unbekannten eine Flasche übergeben, die ich austrinken sollte. Sie würde mich heilen, wurde mir gesagt. Wenn man todkrank ist, probiert man alles. Ich hatte nichts zu verlieren. Ich trank den Inhalt der Flasche, und meine Ärzte verloren ihren Glauben an die Medizin. Mein Krebs war fast geheilt, als ich zur nächsten Untersuchung ging. Allerdings fingen die rückgebildeten Geschwülste schnell wieder an zu wachsen. Der Unbekannte nahm erneut Kontakt mit mir auf. Ich bat ihn um erneute Heilung, woraufhin er mich zu einer Zeremonie einlud. Da lernte ich Vladimir Jakowlew kennen. Er leitete die Zeremonie, welche bei Kerzenlicht abgehalten wurde. Mehrere dunkel gekleidete Personen sangen unverständliches Zeug, während Jakowlew vor ihnen mit einem Kelch herlief, den er mir am Ende des Ritus zum Austrinken reichte. Später traf ich Jakowlew wieder, in einer weniger mystischen Umgebung. Er bat mir mehr Heilung an, wenn ich ihm entgegenkommen würde. Ich hatte im wahrsten Sinne des Wortes Blut geleckt und sprang an. Ich tat ihm den Gefallen und versorgte ihn mit den gewünschten Informationen. Später verlangte er größere Summen Geld, er bekam sie. Mein Leben war mir alles wert. Ich wurde ihm immer mehr hörig. Dann kam der Tag an dem wir den Pakt schlossen. Es begann erneut mit einer Zeremonie. Doch dieses Mal musste ich mit ansehen, wie der Kelch gefüllt wurde. Insgeheim hatte ich lange gewusst, was ich da trank, dennoch traf mich die Situation wie ein Schock. Jakowlew tötete in meinem Beisein ein Mädchen, und ich unternahm nichts. Ich war froh über den heilenden Saft. Ich weiß bis heute nicht, was er mit dem Blut machte, aber mein Krebs wurde völlig geheilt. In meinem Körper sind keine Spuren vorzufinden. Jakowlew verlangte nicht nur Gelder, ich musste ein militärisches Projekt unterstützen, von dem er Wind bekommen hatte, ihm Zugang zu biologischen Waffen verschaffen und Weiteres. Irgendwann habe ich ihn gefragt, warum er mir half, was er mit meinen Gegenleistungen machte. Er sagte nur, er würde die

Welt auf den richtigen Weg führen. Ich ignorierte alles Schlechte, was er mit meiner Hilfe anrichten konnte und dachte nur an mein Wohl. An mein Leben. Das war der Pakt. Ich bereue es zutiefst. Vor allen seit dem Tag, an dem ich ihn zum ersten Mal im Fernsehen sah, und sein Name nicht mehr einer unter vielen war. Es war der Tag, an dem er die Führung der russischen Nationalisten offiziell übernahm. Lange Zeit hatte ich keinen Kontakt mehr zu ihm, gerade jedoch dachte ich, Sie wären von ihm geschickt worden."

„Was für ein militärisches Projekt war das, von dem Sie gerade sprachen?"

„Ich weiß es selber nicht genau, es war streng geheim. Jedenfalls schlug gleich der erste Test fehl, und das Projekt wurde wieder abgesetzt. Es war irgendeine neue Art von Rakete, etwas in der Art. Bei dem Test wurde ein unglaublich großer Teil der Ozonschicht vernichtet, dies wurde natürlich streng geheim gehalten. Offiziell ist die zunehmende Industrie schuld."

„Hat Jakowlew auch von Ihnen verlangt, die amerikanische Wirtschaft nahezu in den Ruin zu treiben?"

Jameson legte seine Pfeife ganz zur Seite, stellte sie in einen dafür gedachten Ständer und nickte schweigsam. Nach einiger Zeit bemerkte er: „Allerdings brauchte es dazu nicht viel. Mein Land hat das sehr gut selbst hinbekommen."

„Und wurde Jakowlew in ihrer Anwesenheit jemals mit einem anderen Namen bezeichnet, vielleicht etwas mystisches oder religiöses?'

„Er wurde von seinen Untergebenen Dunkelgott genannt."

Von Schattenberg zog seine Augenbrauen hoch.

Report von Nikolai Rosenheim:

„Wir haben zwischen den Prophezeiungen und dem ehemaligen amerikanischen Wirtschaftsminister Dennis Jameson einen direkten Zusammenhang feststellen können, den Jameson uns bestätigt hat. Er hat mit seinen Tätigkeiten Vladimir Jakowlew unterstützt, der ihn dazu unter Zuhilfenahme von geopferten jungen Mädchen von Lungenkrebs heilte. Jakowlew wird von seinen Untergebenen als Dunkelgott bezeichnet, womit der Rahmen feststeht. Weitere Untersuchungen erfolgen in Moskau, wo wir versuchen werden Jakowlew sicherzustellen. Das Erdbeben von Japan zu untersuchen, halte ich nicht weiter für notwendig. Dies kann nach Bannung der potentiellen Gefahr durch Jakowlew erfolgen."

„Hauser, wir haben ein großes Problem."

Anweisungen an Nikolai Rosenheim:
(Direkter Dienstweg)
„Es folgt ein geheimer Report der höchsten Sicherheitsstufe. Sondercodierung. Entschlüsselung via bekannter Technik."

Auf dem Flug nach Moskau fragte der Höllenjäger den Führer ihrer Gruppe: „Und Sie denken, Jakowlew hat besondere Kräfte, weil er den Minister geheilt hat?"

„Nun", erwiderte Nikolai, „ich würde die vollständige Heilung von Krebs durchaus aus besondere Kraft bezeichnen."

„Ich denke eher, die besondere Kraft liegt darin, Ärzte, medizinische Gutachten und das Befinden eines Menschen so zu manipulieren, dass der Betroffene denkt, er hätte Krebs", sinnierte von Schattenberg lächelnd.

„Sie meinen …", begann Nikolai langsam begreifend, was der Höllenjäger meinte.

„Ich finde es weitaus realistischer ein Komplott zu planen um jemanden glauben zu lassen, er leide an einer tödlichen Krankheit, als eine Wunderheilung zu vollziehen. Aber das ist natürlich nur meine Meinung. Da keine Spuren mehr von Krebs bei dem Patienten vorhanden sind, lässt sich das ja schlecht klären."

Vor Stunden hätte man in der Ferne noch einige trauernde Witwen vor Gräbern stehen sehen können, doch sie hatten den Hauptfriedhof zu spät betreten. Mittlerweile dunkelte es bereits. Und hätte Crawlanasa nicht mit immenser Kraft das altertümliche Schloss mit Ketten zerstört, hätten sie vor dem Friedhof warten müssen. Crawlanasa und Vern schritten Hand in Hand die Fußwege entlang, er konnte in der Dunkelheit nichts erkennen. Aber die nächtliche Jägerin hatte abgelehnt, dass er seine Taschenlampe anschaltete. Sie erreichten das Grab und fanden drei weitere, ihnen bekannte Menschen vor. Abrahm, Beernheim und Petra Corel. Die fünf lächelten sich an, obwohl nur eine von ihnen diese Bewegung der Lippen sehen konnte. Alle waren erleichtert, dass sie unversehrt waren. Abrahams Aura wirkte nicht, und somit konnten sich alle auf ihre Gedanken konzentrieren und auf die Frage, warum Nikolai Rosenheim sie nach Moskau befohlen hatte. Schritte näherten sich.

„Guten Abend, meine Damen und Herren. Ich bin froh Sie alle gesund hier vorzufinden. Wir gelangen an das Ende unserer Untersuchungen, doch ein schwerer Teil steht uns noch bevor. Heinrich von Schattenberg, übrigens immer noch kritisch, was sich wohl in diesem Leben nicht mehr ändern wird, und Doktor Washington treffen bereits einige Vorbereitungen, welche ich angeordnet habe. Es ist an der Zeit, Sie über die neuesten Erkenntnisse zu informieren. Wie wir an diese Informationen gelangt sind, erkläre ich Ihnen ein anderes Mal. Der von uns gesuchte Dunkelgott heißt Vladimir Jakowlew und ist der Führer der russischen Nationalisten. Die Sekte der Wende besteht aus seinen Anhängern, ehemalige Mitglieder der Gedomianer. Wahrscheinlich gehen sie wirklich davon aus, dass Jakowlew übermenschliche Fähigkeiten besitzt. Wir besitzen darüber keine Klarheit. Weltlich betrachtet ist Jakowlew der direkte Gegenspieler von Juri Pasternak, dem jetzigen russischen Präsidenten. Jetzt kommt der interessante Teil", Nikolai strich mit seiner Hand über einen Grabstein in Gedanken an die tote Seele, die hier ihre Ruhe gefunden hatte.

„Für den Zeitpunkt der heutigen Tageswende existiert ein streng geheimes Abkommen, nach dem Präsident Pasternak einen Vertrag unterzeichnet, mit dem Russland der Europäischen Union beitritt. Die Nationalisten haben davon Kenntnis erhalten und setzen ihrerseits alles daran dies zu verhindern. Da sie keinerlei stichhaltigen Beweise dafür haben, können sie nicht an Öffentlichkeit gehen. Sonst würden sie nach den herrschenden russischen Gesetzen wegen Diskriminierung des Staates verhaftet werden. Alles wäre perfekt, wenn Pasternak an die Unterschrift nicht die Forderung geknüpft hätte, dass sein treuester Untergebener, ein Mann namens Kamischko, während der Unterzeichnung des Vertrages bei ihm sein muss. Die Gründe für Pasternaks Wunsch sind unbekannt."

Abraham streckte seinen Körper ein wenig, und Crawl betrachtete ihre friedvolle Umgebung.

„Kamischko ist ein Agent, der vor wenigen Tagen in Neu-Berlin verhaftet wurde. Wir vermuten, er ist einzig dem russischen Präsidenten Rechenschaft schuldig. Noch bevor der Dienst eingreifen konnte, hatte ihn die dortige Polizeibehörde bereits in ihrer Computerdatei gefunden."

Nikolai fühlte den Wind auf seiner Haut.

„Aufgrund der in der Datei niedergeschriebenen Anweisungen, die der Dienst wenigstens manipulieren konnte, wurde Kamischko kürzlich von zwei Polizeibeamten nach Moskau überführt, wo sie Kamischko den Moskauer Behörden übergeben wollten. Offiziell kamen sie nie an und sind seither zusammen mit Kamischko verschwunden. Der Dienst hat einen ihrer freien Agenten hergeschickt. Zusammen mit einem ehemaligen Neu-Berliner Polizeibeamten, der sich in die Untersuchung eingemischt hat, ist es den beiden schließlich gelungen, Kamischko und die verschwundenen europäischen Polizisten aufzufinden."

Nikolai lächelte breit: „Das ist die gute Nachricht. In

einer Stunde, also um viertel nach neun russischer Zeit ist die Übergabe Kamischkos geplant. Kamischko muss sofort zum Präsidentenamt gebracht werden, wo er Pasternak unterstellt wird. Pasternak muss den Vertrag unterzeichnen, das ist unser Primärziel für die ganze Aktion! Abraham, Crawl und Vern, sie sind mir dafür verantwortlich, Kamischko sicher zu überführen. Wir anderen werden sie am Präsidentenamt erwarten, wo wir weitere Vorbereitungen treffen müssen. Ich habe außerdem noch ein Gespräch mit Pasternak zu führen. Er wurde informiert, dass wir ihm als Berater aus der europäischen Union inoffiziell zur Seite stehen. Kamischko ist von außerordentlichem Wert. Wir wissen lediglich, dass Pasternak den Vertrag nicht unterzeichnen wird, wenn Kamischko nicht vor Mitternacht bei ihm ist. Und außerdem scheint es, als wenn die Nationalisten die Macht erlangen würden, wenn Kamischko ihnen in die Hände fällt. Und wenn Jakowlew die Herrschaft Russlands an sich reißt, dann liegt ein Krieg zwischen Russland und der Europäischen Union nicht mehr weit. Jakowlew scheint in diese Richtung zu arbeiten. Wundern Sie sich nicht, dass heute in Moskau nichts dem Normalzustand entspricht, dies ist derzeit der wichtigste Ort im Mächtespiel der Welt. Ich bin darüber informiert, dass sich sogar eine Division der Europian Special

Protection Force hier befindet, was die Regierung natürlich verneint. Die Division wird nach Vertragsunterzeichnung eingreifen und die Stabilität der russischen Regierung gewährleisten, falls Pasternak gegen Aufstände der Nationalisten und einen Putsch vorgehen muss. Bei einigen Militärs wird nämlich nach Analystenberichten befürchtet, dass sie sich auf die Seite der Nationalisten schlagen könnten, wenn der Vertrag nach Unterzeichnung bekannt gemacht wird. Ich denke Ihnen allen ist klar, wie bedeutend unser Erfolg ist. Abraham, auf dieser Karte ist der Treffpunkt eingezeichnet. Seien Sie vorsichtig und gehen Sie behutsam mit den Männern um, der Kamischkos begleitet. Sowohl der freie Agent unseres Dienstes als auch dieser ehemalige Polizist können manchmal sehr gereizt reagieren. Beide gelten für Gegner als absolut tödlich."

Nikolai Rosenheim stieg die Stufen zum dritten Stock des Präsidentenamtes hinter einem Bediensteten des Präsidenten hoch, einem Mitglied der Präsidentengarde, der ihn zu Pasternak führte. Sie verließen das Treppenhaus und gingen einen Gang mit zahlreichen abgehenden Türen entlang, schließlich öffnete sich eine Tür, und ein Nikolai bekanntes Gesicht betrat den Gang.

„David?"

„Nikolai? Was machst Du denn hier?"

„Ich bin genauso wenig hier wie Du, David. Glückwunsch noch einmal zu Deiner Aufnahme in das Special Protection Corps."

„Danke, Nikolai. Und was machst Du so?"

„Du würdest es mir nicht glauben, David. Pass auf Dich auf, hier wird heute gewiss einiges passieren."

„Hey, uns bestimmt nicht. Wir sind doch gar nicht hier", scherzte der Soldat mit einem charismatischen Grinsen.

„Genau. Wir haben uns nie getroffen. Machs gut, ich muss weiter", zwinkerte Nikolai zurück.

Abraham Walker wartete in der unzureichend beleuchteten Straße vor dem alten Fabrikgebäude, welches als Übergabeort diente. Er schien allein zu sein, doch der Fremde der ihm entgegen schritt war deutlich wachsam auf jede Reaktion. Es war ein robust gebauter Mann, deutlich schien sein starker Brustkorb unter dem schwarzen T-Shirt hervor, welches ihm in der Kälte der Nacht auszureichen schien. Er wankte merkwürdig beim Gehen, so als wäre jeder Schritt wohl überlegt und müsste unter Schmerzen ausgeführt werden. Er blieb direkt vor Walker stehen, und dieser blickte zuerst auf die große Handfeuerwaffe, die der

Neuankömmling in der rechten Hand trug.

„Sie sind nicht allein."

„Ich heiße Abraham Walker. Sie brauchen keine Angst zu haben, ich …"

Eine rasche Bewegung und der stählerne Lauf setzte sich an Walkers Kinn. Keine Macht seiner Aura.

„Sie sind nicht allein."

Crawlanasa und Vern Krieger traten aus dem Schatten des großen Müllcontainers der Fabrik und gingen zu den zwei angespannt abwartenden Männern. Krieger ergriff das Wort angesichts Abrahams fehlender Wirkung auf diesen Mann.

„Ich bin Lieutenant Vern Krieger von der Europäischen Verteidigungs Armee. Wir sind beauftragt von Ihnen Kamischko in Empfang zu nehmen um ihn Präsidenten Pasternak zu übergeben."

„Kommen Sie näher."

Die Stimme klang ruhig, aber auch sehr befehlend, sie duldete keinen Widerspruch. Krieger wollte die Situation nicht eskalieren lassen und kam der Aufforderung nach. Je näher er kam, desto bekannter erschien ihm der Fremde.

„Ich kenne Sie."

„Gut möglich."

„Sie sind Officer Jack Harder, vor einigen Jahren aufgrund einer Behinderung der Beine vom aktiven

Dienst in den Ruhestand versetzt. Ihre Beine, Sie können wieder laufen?"

„Die Geschichte stand wohl in jeder Zeitung. Meine Beine gehen im Moment", grinste der Mann halbherzig über sein Wortspiel, „Sie sollen Kamischko bekommen, für mich ist damit alles erledigt."

Krieger blickte auf den Polizisten, der in gewissen Kreisen einen großen Ruhm erlangen hatte. Seine dürftige Kleidung war mit Blut besudelt. Anhand der ihm bekannten Berichte über den Mann wettete Krieger insgeheim, dass dies nicht das eigene Blut war.

Harder senkte die Waffe und stieß einen schrillen Pfiff aus, dann wandte er sich und ging schleppend davon, Schritt für Schritt, Schmerz für Schmerz. Aber er hatte mehr als gelernt mit Schmerzen umzugehen. In Kriegers Rücken öffnete sich der Deckel des Müllcontainers, und der gesuchte Mann kletterte heraus, während der Soldat dem ehemaligen Polizisten nachschaute. Harder hatte seinen Krieg gehabt, für Krieger begann er erst. Kamischko trat mit einem angeketteten Koffer aus Stahl zu seinen neuen Beschützern, und sie liefen wortlos zu ihrem Fortbewegungsmittel.

„Herr Rosenheim, Sie habe um eine Unterredung mit mir gebeten. Ich habe dem nur zugestimmt, da mir Sie gewisse Leute als Verantwortlichen für Kamischko nannten", eröffnete der Präsident das Gespräch.

„Ich bin damit beauftragt worden, Ihnen Kamischko rechtzeitig zur Verfügung zu stellen."

„Wie können Sie dann ruhig hier sitzen?"

„Mein Äußeres schwelgt in Ruhe, meine Seele gleicht einem Vulkan. Trotzdem verspreche ich Ihnen, dass Kamischko bei Unterzeichnung des Vertrages an Ihrer Seite sein wird. Ich würde allerdings gerne einige Informationen von Ihnen bekommen."

„Ich werde Ihnen nicht mitteilen, aus welchem Grund Kamischko für mich von Wert ist."

„Ich werde Ihnen dafür etwas berichten. Meine Geschichte handelt von Ihrem Konkurrenten Vladimir Jakowlew, allerdings trägt er einen anderen Namen. In meiner Geschichte wird er Dunkelgott genannt. Mich würde interessieren, ob Ihnen diese Geschichte bekannt vorkommt."

„Sie wissen es", flüsterte Pasternak.

„Wir wissen, dass eine Sekte Jakowlew für die Personifizierung der Zerstörung dieser Welt hält. Und dass vor seinem endgültigen Auftritt als Dunkelgott Europa in einem Krieg vernichtet wird."

„Dann wissen Sie fast alles. Aber Sie glauben nicht daran", stellte Präsident Pasternak fest.

„Ich bin mit einer Gruppe unterwegs, die aus einem

ehemaligen Sektenführer, einem Exorzisten, einem Vampir und weitere kurioser Personen besteht, Herr Pasternak."

„Das ist ein Scherz."

„Nein, keineswegs. Ich räume der Existenz übernatürlicher Kräfte, mit denen Jakowlew vertraut ist durchaus eine Möglichkeit ein", versicherte Nikolai.

„Dann hat man mit Ihnen den Richtigen ausgesucht."

„Sagen Sie mir nun, warum Kamischko für Sie dermaßen wichtig ist oder muss ich mir selbst einen Reim darauf machen?"

„Gut, wenngleich es bislang eine Sache rein zwischen mir und Kamischko war. Ich habe früh von Jakowlews Verbindung zu der sogenannten Sekte der Wende, den Nachfolgern der Gedomianer erfahren, aufgrund des perfekt funktionierenden russischen Geheimdienstes. Ich habe mir allerdings nicht viel dabei gedacht. Bei einer Verhandlung mit den Nationalisten demonstrierte mir Jakowlew seine Macht. Ich habe bei seiner Vorführung mit eigenen Augen gesehen, dass ihn nichts verletzen kann. Er kann nicht sterben. Dieses Erlebnis hat sich mir eingebrannt. Aber wir haben nicht die Zeit für Details. Ich habe den besten Agenten in die Sekte in Europa eingeschleust, den ich habe. Kamischko, der nur mir persönlich unterstellt ist. Er stellte Nachforschungen an und lebte lange Zeit in dieser

Sekte. Er fand heraus, dass der Tag der Macht, ein Tag an dem Jakowlew die endgültige Macht empfangen würde, morgen eintritt, daher legte ich den Tag der Vertragsunterzeichnung vor. Ich gebe zu, dieser Tag sichert auch meine Position, er soll den Frieden sichern und damit Jakowlews Pläne unterbinden. Aber weiter. Kamischko erfuhr einiges über die Sekte der Gedomianer. Unter anderem fand er heraus, dass ihr Führer Jahlatar Gedomi nicht einfach starb, sondern von einem ehemaligen Anhänger getötet wurde. Er, der er doch auch als Lichtgott bezeichnet und als unsterblich angesehen wurde. Angeblich konnte man auch Gedomi nicht töten. Kamischko übermittelte mir, dass Gedomi mit einem Schwert ermordet wurde, dass in seiner Sekte als heilig galt. Sowohl Gedomi als auch Jakowlew haben mit dem Schwert Opfer bei ihren Ritualen getötet. Dieses Schwert ist die Klinge der Macht. Es heisst, es ist die Grenze zwischen Licht- und Dunkelgott. Die Götter benötigen dieses Schwert um die ihnen zustehende Macht zu erlangen. Nach dem Glauben der Sektenmitglieder, nimmt die Klinge die Seelen seiner Opfer auf und wurde dadurch stark genug um schließlich die Götter selbst zu töten. Sie nennen das Schwert ‚Tote Seelen'. Kamischko stahl vor wenigen Tagen dieses Schwert auf meinen Befehl hin, verschwand jedoch unauffindbar. Deshalb diktierte ich

Ihrer Regierung meine Bedingung. Kamischko wurde anscheinend wieder aufgefunden, kam jedoch hier nicht an."

„Er hat das Schwert bei sich."

„Korrekt. Und mit diesem Schwert will ich Jakowlew eliminieren lassen. Es darf unter keinen Umständen in Vladimirs Hände fallen, sonst ist alles verloren."

„Ich denke, in dieser Nacht wird sich zeigen, ob das Schwert nötig sein wird."

„Oberst Kamtschatka, Präsidentengarde. Kein unerlaubter Zutritt in das Präsidentenamt!"

„Ich bin Abraham Walker, und Ihr Präsident erwartet uns persönlich. Haben Sie mich etwa nicht erkannt?"

„Ich bin mir nicht sicher."

„Aber, aber. Meine Begleiter sind recht erschöpft, müssen wir hier wirklich diskutieren? Fällt Ihnen keine schnellere Methode ein, Oberst Kamtschatka?"

„Äh, treten Sie ein, der Präsident erwartet Sie doch?"

„Sicherlich."

„Adjutant Nikolajewitsch wird Sie und Ihre Begleiter zum Präsidenten führen."

„Ich danke Ihnen, Oberst Kamtschatka, Sie waren sehr zuvorkommend."

Abrahams Aura wirkte.

„Präsident Pasternak, Kamischko ist eingetroffen. Er wartet im Verhandlungssaal auf Sie. Soll ich den europäischen Botschafter ebenfalls hinführen?"

„Ja, ich bitte darum. Sehr gut. Herr Rosenheim, Ihr Trupp scheint gute Arbeit zu leisten, ich danke Ihnen."

„Ich danke Ihnen, dass Sie uns die Sicherung des Raumes übertragen haben. Gehen wir? Oder wollen Sie mit der Unterzeichnung des Vertrages warten?"

„Nein, natürlich nicht. Ich werde ihn sofort unterschreiben, sobald ich Kamischko begrüßt habe. Doch leider hat er trotz allem erst ab der Tageswende Gültigkeit, er ist so verfasst."

„Beernheim, ich verurteile Ihre abhängige Lebensweise", bemerkte Heinrich, im Streitgespräch mit dem Pater gefangen.

„Heinrich, Sie sind ein Mensch ohne Glauben, ohne Ziele nach dem Tod. Wie kann ein Mensch auf diese Weise durch das Leben gehen, alles leugnend, was ihn erschaffen hat?"

„Mit der einzig wirklichen Freiheit. Ohne die selbstverantwortliche und unmündige Beschränkung zu ertragen, die Religionen aufzulegen beabsichtigen."

„Ich bin ein Christ. Das ist eine Religion der Freiheit."

„Wie kann eine Religion Freiheit schenken? Auch das Christentum ist dazu nicht in der Lage. Seit Ihr nicht gefangen von jenseitigen Vorstellungen, befolgt Ihr nicht die Gesetze des Zusammenlebens um Eures Gottes willen? Ich handle aus reiner Menschlichkeit. Ein Christ tut Gutes um Gott zu gefallen. Verwerfliche Moral. Weil der Mensch sich bindet, tut er Gutes, aber sind die Absichten seines Handelns ebenso gut? Handlungen, die aus dem Glauben heraus entstehen, geschehen nicht freiwillig. Und ob ihre Ziele gut oder schlecht sein mögen, ich lehne solche Taten ab. Nur Aktionen, die von einem ungebundenen Geist in völliger Klarheit vollzogen werden, können wahrlich beurteilt werden. Glauben ist die grausamste und erschreckenste Ausrede, die jemals von Menschenhirnen erdacht wurde um Handlungen zu legalisieren und zu beschönigen. Es gibt keine Ausnahme."

„Sind Sie völlig ohne Glauben, Heinrich?"

„Wann immer sich etwas regt, das unter Glauben fällt, reflektiere ich selbstkritisch, und die Gedanken lösen sich auf. Ich gründe mein Handeln und meine Eigenverantwortung auf Wissen und exakte Beobachtung. Ich benötige keinen Glauben. Auch nicht hinsichtlich des Todes. Ich hatte ein befriedigendes Leben, jederzeit, denn ich habe mich auf mein Leben konzentriert. Der Tod ist mir nicht fremd und ebenso wenig unangenehm."

„Entschuldigt, aber ich muss es aussprechen. Gott möge Sie segnen, Heinrich von Schattenberg."

„Was werden Sie nun tun, Beernheim?"

„Ich bete für göttlichen Beistand."

„Um es mit den Worten meiner Väter und Mütter zu sagen, die meiner Wahrheit entsprechen: wenn er uns nicht behindert, so sei es Eurem Gott erlaubt zuzuschauen", bewusst hatte von Schattenberg das Wort Wahrheit statt Glauben verwendet.

Krieger betrat den Raum und erstaunte erneut. Auf dem Weg hierhin hatten ihn die Sicherheitsmaßnahmen verblüfft, die wirklich zahlreiche Wachen vorsahen. Zum Einen bestehend aus der an der Uniform erkennbaren Präsidentengarde, zum Anderen aus den von ihm nicht einzuordnenden Männern und Frauen in dunkler Kampfkleidung ohne jegliche Abzeichen. Sie wirkten sehr westeuropäisch auf Krieger.

Vern überkam das untrügliche Gefühl, dass hier ein geheimer Trupp mitwirken wollte, der jedoch unerkannt bleiben sollte. Er vermutete stark, dass diese Leute Teil des Europian Special Protection Corps waren. Und das bedeutete, der Soldat Vern Krieger war von absoluten Profis und Kampfspezialisten umgeben, wie er selber keiner war. Das Special Protection Corps war in Europa zum Schutze von Regierung und Politikern im Falle eines Militärputsches oder Terroristenangriffes geschaffen worden. Nur die herausragendsten Soldaten wurden in diesem Corps aufgenommen. Sie distanzierten sich gern vom allgemeinen Militär.

In dem gerade von ihm betretenen Zimmer war es jedoch nicht die Anzahl an bewaffneten Personen, welche sein Gemüt erregte, sondern die unglaubliche herrschende Atmosphäre, die ihm fühlbar entgegen schwappte.

Das Zimmer war ein geräumiger Verhandlungsraum, und der einzige Zugang führte durch den Gang, den Vern durchschritten hatte. Gebogene Tische, zu einem Kreis angeordnet, untermauernten die Bezeichnung eines Verhandlungsraumes. Eigentlich wirkte der Raum steril und schmucklos. Doch man sah gleich, wer hier alles gewirkt hatte.

In der kreisförmigen Mitte zwischen den Tischen war eine, sofern Vern das beurteilen konnte, gewaltige Computer- und Elektronikanlage aufgestellt, vor der Doktor Washington schaltete und waltete, was auch immer er tat. Im Gegensatz zum Rest wirkte dies wie der weltliche Aspekt, das Zentrum des Raums, das ihn in der realen Ebene verankerte.

Der Tischkomplex befand sich inmitten eines ominösen Pentagramms aus schwarzer Flüssigkeit, eine der fünf Spitzen befand sich auf der Gegenseite zur Tür.

An den Eckpunkten standen flackernde Kerzen und ein penetranter Geruch von Weihrauch berauschte die Sinne.

Beernheim lief beinahe andächtig mit einem Schwenker herum, aus dem der kirchliche Nebel stieg, und er wirkte hoch konzentriert. Die Wände waren mit christlichen Symbolen verziert. Einige vermochte Krieger zu erkennen, aber es befanden sich dort auch Zeichen, die er nie zuvor gesehen hatte. Seine Augen überflogen sie und stoppten bei Etwas deutlich anziehenderem.

Crawlanasa lehnte zwischen Abraham Walker und Petra Corel an der Wand, und die drei unterhielten sich, vereinzelt amüsiert auflachend. Vern schluckte einen gewissen aufkommenden Unmut herunter und besann sich auf seine Pflichten. Der Raum besaß keine Fenster, eigentlich schien alles sicher.

Krieger war schließlich für die Sicherheit verantwortlich, zumindest was ihre kleine Gruppe anbelangte. Bei der Unmenge an Soldaten in diesem Gebäude war es ohnehin schwer zu sagen, wer der Sicherheitsleiter war. Vern bemerkte, dass der Höllenjäger sich auf ihn zu bewegte und wandte sich ihm entgegen.

„Krieger, wie sieht die Lage aus?"

„Es erscheint mir sicher. Der Gang ist lang und ohne

mögliche Unterbrechungen, dort sind zahlreiche Soldaten postiert, scheinbar gut ausgerüstete Leute. Im ganzen Amt sind Soldaten, und falls tatsächlich jemand hier hineingelangen möchte, so benötigt er eine Armee."

„Schön, das aus Ihrem Mund zu hören, Krieger. Dennoch mache ich mir Sorgen. Am meisten wegen diesem abergläubischen Geschwafel. Und wie Sie sehen, bleibt es beunruhigender Weise nicht beim Reden diese Leichtgläubigen. Oder sind Sie da etwa anderer Meinung?"

„Ich bin mir nicht sicher, Herr von Schattenberg. Meine Überzeugung in dieser Hinsicht ist ins Wanken geraten."

„Sie hat Dich verunsichert, nicht wahr, junger Freund. Ich gebe zu, sie ist hübsch und attraktiv, und sie hat Sie um den Finger gewickelt. Dennoch, glauben Sie bloß nicht daran, dass Sie ein Vampir ist."

„Aber …"

„Aber? Vern, ich habe in meinem Leben bereits viel erlebt, was diesen Erlebnissen glich. Und nichts war bei Licht betrachtet unheimlich. Welchen Beweis hat sie Ihnen geliefert, dass sie ein Blutsauger ist? Hat sie Blut getrunken? Dazu bin ich auch jederzeit in der Lage. Verfiel sie ohne Blut in einen erschöpften Zustand? Vielen Krankheiten obliegen seelischen Ursachen.

Wenn sie wirklich daran glaubt, ein Vampir zu sein, erleidet sie Verletzungen und Schmerzen, wann immer sie denkt, dass sie als Vampir schmerzen erleiden muss. Sie mögen diese Frau, oder?"

Krieger antwortete nicht.

„Schon gut. Ich denke, auch wenn ich Sie nicht überzeugt habe, Vern, so kann ich mich dennoch auf Sie verlassen, sollte es in dieser Nacht zu einem Konflikt kommen. Sie sind bewaffnet, Vern?"

„Ich trage meine Ahawk ständig bei mir."

„Und ein Magazin voller Patronen mit Silbermantel und Holz", fügte von Schattenberg mit sarkastischem Unterton hinzu.

Vern nickte lediglich, nicht wissend, woran er noch glauben konnte und wollte. Aus den Augenwinkeln sah er, wie Abraham die beiden Damen belustigte.

Rosenheim betrat den Raum, Pasternak dicht an seiner Seite, der mit weit aufgerissenen Augen die mystische Szenerie des Raumes betrachtete.

„Sie nehmen ihren Job wirklich ernst, Herr Rosenheim."

„Herr Pasternak, bitte sorgen Sie dafür, dass keiner ihrer Soldaten den Raum erblickt. Es würde sie nur verunsichern."

„Sie denken, dies hier hilft?"

„Der Priester denkt es, und ich bin gewillt, seine

Ansicht zu teilen."

„Gut, gut. Sobald der Botschafter hier ist, unterzeichne ich den Vertrag, und ab Mitternacht ist er gültig. Alles verläuft nach Plan. Und dort ist mein alter Freund, Kamischko."

Die beiden russischen Einheimischen tauschten vielsagende Blicke aus, bevor sie sich näherten. Der Neuankömmling, dessen Gesicht Rosenheim noch nicht erblickte hatte, überreichte Pasternak ein längliches Bündel und sprach wenige Worte, die jedoch flüsternd nur an Pasternak gingen. Dieser tätschelte Kamischko freundschaftlich auf die Schulter, für den diese Geste bedeutete, dass er gehen konnte. Der Agent des russischen Präsidenten verließ den Raum, und Pasternak trat wieder zu Nikolai Rosenheim.

„Das Schwert ist in diesem Bündel. Kamischko hatte es in einem Koffer transportiert, es ist zweiteilig zerlegbar. Damit kann Jakowlew getötet werden."

„Wenn man die Geschichte glaubt. Aber wenn es erforderlich ist, werden wir das Schwert benutzen."

„Rosenheim, ich schenke Ihnen mein Vertrauen. Gott und der russische Bär mögen mir helfen. Nehmen Sie das Schwert und verfahren Sie, wie es Ihnen nötig erscheint."

„Das werde ich tun, Juri Pasternak, und eines verspreche ich Ihnen. Russland wird ab dem morgigen

Tag zur Europäischen Union gehören. Und friedlich werden unsere Nationen einer erfüllten Zukunft entgegentreten. Sie müssen lediglich den Vertrag unterzeichnen."

„Das werde ich."

Rosenheim klemmte sich das Bündel unter den Arm und trat beiseite. Er hatte sich vorgenommen alles aus einer Ecke des Raumes zu beobachten, hoffend, dass es keinen Zwischenfall geben würde. Die Tür des Raumes öffnete sich erneut, und der europäische Botschafter trat, von dem Assistenten Pasternaks geführt, ein.

Verdutzt sah er sich um, annehmend vielleicht doch den falschen Raum betreten zu haben. Pasternak ging zu ihm und reichte ihm die Hand, seiner Geste wenige Worte hinzufügend, die den Versuch machen sollten eine Erklärung zu liefern.

„Die Aufmachung ist nur Teil einer Vorsichtsmaßnahme. Ich bitte Sie, sich nicht beunruhigen zu lassen. Kräfte aus Ihrer Regierung, die mir nicht bekannt sind, die aber auch auf mich großen Einfluss haben, hielten dies für notwendig. Und ich muss dem wohl zustimmen. Trotz allem tut uns dies keinen Abbruch. Ich werde nun mit Ihrer Bezeugung den Vertrag unterzeichnen, und wir werden gemeinsam abwarten, bis er rechtskräftig ist."

„Ich muss zugeben, ich bin ein klein wenig verwirrt,

aber wir sollten fortschreiten. Zum Glück unserer Nationen bricht die Tageswende in ungefähr einer halben Stunde an. Unterzeichnen Sie jetzt bitte den Vertrag, Präsident Pasternak."

Der Gehilfe des Präsidenten reichte Pasternak einen exquisiten Füllfederhalter, mit dem dieser auf die Stelle des Tisches zulief, auf dem eine dicke Mappe lag. Die entscheidende Seite lag oben auf, und ehrfürchtig hielt Pasternak einen Augenblick inne.

Mit dieser heutigen Unterschrift würde er nicht nur in die Geschichte Russlands eingehen, sondern in die gesamte Weltgeschichte, und fortan würde jedes Kind seinen Namen kennen.

Er würde sich selbst mit dem Schreiben kurzer signifikanter Federstriche ein ewig währendes Denkmal erschaffen. Die Stille im Raum, welche nach dem Gespräch zwischen dem Botschafter und dem Präsidenten geherrscht hatte, wurde durch ein wiederholtes Piepsen jäh unterbrochen. Pasternak stoppte den Vorgang des Öffnens seines Schreibutensils und schaute zu Rosenheim, welcher ein mobiles Kommunikationsgerät vom Sitz an seinem Gürtel löste.

„Rosenheim … ja … Stellung halten."

Rosenheim steckte es wieder weg und war sich der Stimmung durchaus bewusst, als er aufblickte und die Stimme erhob.

„Wir werden angegriffen. Mehrere Divisionen der russischen Armee greifen das Gebäude an."

„Aber die Armee untersteht meinem Kommando."

„Anscheinend haben sich einige Generäle ein neues Oberkommando gewählt. Zumindest stehen unsere Chancen recht gut. Sobald der Vertrag um Mitternacht rechtskräftig ist, kann und wird die Armee der Europäischen Union in den Konflikt eingreifen. Und meine Informationen darüber sagen aus, dass sie in sekundenschnelle einsatzbereit und -fähig sind. Wir müssen solange lediglich die Stellung halten, dann gebe ich die Bestätigung des Vertrages durch."

„Meine extra verstärkte Garde dürfte dafür ausreichen, außerdem haben wir noch die unbekannten Helfer im Amt."

„Pasternak, ich versichere Ihnen, diese Unbekannten sind gute Leute, auch wenn sie angeblich zu keiner Seite gehören. Wir sollten fortfahren, unterzeichnen sie endlich den Vertrag."

„Rosenheim, ich empfange ungewöhnliche Signale von starken energetischen Feldern und Wellen, die sich in unsere Richtung ausbreiten", mischte sich Dr. Washington ein.

„Doktor, was heißt das?", bat Nikolai um mehr und verständlichere Informationen.

„Viel und nichts. Aber aufgrund meiner Erfahrung

sagt es mir, dass uns ein paranormales Ereignis bevorsteht."

Nur Heinrich von Schattenberg wagte es die Aussage des Wissenschaftlers lachend zu diskreditieren.

„Bleiben Sie auf dem Teppich Washington, bevor man Ihnen den Ehrentitel wieder abnimmt."

„Ruhe. Sie alle unterstehen meinem Kommando. Vern, gehen Sie den Gang entlang und überprüfen Sie das Sicherheitsvermögen der Wachen erneut", übernahm Rosenheim wieder das Kommando.

„Ja, Sir."

Krieger zückte seine Waffe und lud sie durch, danach abtretend.

„Beernheim?"

„Ich bin bereit, Nikolai."

Der Priester hielt die goldene Bibel fest umschlungen.

„Gehen wir auf die Positionen. Heinrich, ich verlasse mich auf Sie, wenn die geistliche Seite versagt oder nicht benötigt wird."

„Also bin ich in jedem Fall die entscheidende Person", grinste der Höllenjäger sarkastisch, „Wenigstens einer, der bei der Sache bleibt. Rosenheim, halten Sie ihre Handlungsweise wirklich für korrekt und hilfreich?"

„Heinrich, der Glauben versetzt manchmal Berge."

„Ich sehe, im Ernstfall bin ich auf mich allein gestellt."

Vern ging langsamen Schrittes den Gang entlang, während in dem Verhandlungsraum Rosenheim, Beernheim, Abraham, Corel und Crawlanasa zum Klang der Diskussion zwischen Nikolai und Heinrich ihre vereinbarten Positionen an den Eckpunkten des Pentagramms einnahmen.

Die Soldaten auf dem Flur, die sich wie die Bäume in einer Allee aufgestellt hatten, und die mit schusssicheren Westen und Helmen ausgestattet waren, blickten leicht beunruhigt auf Verns offen getragene Ahawk, welche in ihnen das Gefühl einer bevorstehenden Gefahr hervorrief.

Dieser Soldat, der zwischen ihnen hindurchschritt, schien mehr zu wissen als sie, und er hatte seine Waffe schussbereit in Händen. Sie wirkten alle verunsichert und folgten mit dem Blick seinen Weg.

„Beernheim, Sie leiten die Zeremonie."

„Danke, Nikolai. Alle müssen ihre Gedanken fokussieren und das Bündel mit voller Willensstärke auf mich transferieren, so dass ich die Kraft besitze, die Mächte der Dunkelheit zu bändigen."

Pasternak hatte sich abseits gestellt. Der Vertrag war noch nicht unterschrieben. Er zitterte viel zu sehr, da er zwar in den letzten Tagen immer wieder von

Alpträumen dieser Art gequält worden war, aber es irgendwie dennoch nicht für real gehalten hatte, obwohl er Kamischko losgeschickt hatte. Nun erblickte er die Szene und unbewusst schlich sich das Entsetzen in seiner Nerven.

Eine wuchtige Explosion bahnte sich durch das Gebäude und trug ihre Auswirkungen auch in das Zimmer mit dem Drudenfuß. Die Tür wurde aus den Angeln gerissen und flog knapp an Crawlanasa vorbei, welche an der Spitze des Pentagramms Stellung bezogen hatte, die der Tür gegenüberlag. Zersplitternd knallte die Tür gegen die Wand.

Auf ihrem Flug hatte sie Doktor Washington am Kopf getroffen, was diesen wegsacken ließ. Eine Feuerwoge flammte durch die Öffnung kurz in den Raum hinein, der Gang stand in entsetzlichen Flammen, absterbende Schreie beriefen das geschehene Unheil. Beernheims Stimme drang durch das Chaos zu den Ecken des Pentagramms.

„Der Drache und seine Engel kämpften, aber sie konnten sich nicht halten, und sie verloren ihren Platz im Himmel …"

Crawlanasa war durch die plötzliche Helligkeit des Feuers stark geblendet, da die Kontaktlinsen nicht wirkungsvoll das Licht filtern konnten, und für einen Moment war sie handlungsunfähig. Als der Schmerz nachließ brach sie aus dem Kreis der Fünf aus und sprang über die Tische und Washingtons Equipment hinweg, durch den zerstörten Eingang in die nachlassenden Flammen rennend. Sie sog den Duft des verbrannten Fleisches ein, und mit ihren Instinkten der Jagd vermochte sie den zu finden, den sie verletzt wähnte. Vern Krieger, der Soldat, lag reglos am Boden, die Kleidung annähernd weggebrannt, die Haut schwarz verkohlt. Doch mit ihren Sinnen empfing sie einen Rest von Leben. Wer, wenn nicht sie, vermochte es Leben aufzuspüren.

Einen Augenblick lang verspürte Nikolai den Drang seine Untergebene zurückzuholen, damit der Kreis nicht zerbrach, darüber vergessend, dass seine Abwesenheit den Kreis noch weiter schwächen würde. Beernheims eindringliche Stimme rief ihn glücklicherweise auf der Stelle zurück, und gemeinsam suchten sie, nun nur noch zu viert, die Macht zu bündeln. Eine Gestalt trat aus dem rauchigen Nebel des Flures, und sie erblickten ihren Gegner. Zum Glück der vier, deren Aufgabe sie völlig einnahm, war Heinrich von Schattenberg bereit zum Handeln, und er wandte sich dem Geschöpf zu. Um genau zu sein, dem Äußeren nach einem gewöhnlichen Menschen, wenn auch in dem schwarzen Umhang mit voluminöser

Kapuze ein wenig exzentrisch gekleidet.

„Ich bin der Dunkelgott."

„Sie sind der erste Gott den ich kennenlerne, der einen russischen Akzent besitzt."

„Sie sind frei von Glauben. Ein Ungläubiger ist ein leichtes Opfer."

„Sofern ich nicht eher zum Täter werde."

Crawl zitterte vor Furcht. Sie verspürte Angst um den Soldaten, über den sie sich gebeugt hatte. Mit all ihren Sinnen nahm sie seinen kommenden Tod wahr. Hatte er ihr nicht bereits das Leben geschenkt, wenn man angesichts ihrer Existenz von Leben sprechen konnte? Sie war in einem tiefen Konflikt gefangen. Er hatte sie gerettet, es war nun an ihr, ihm dies zu vergelten. Sie wollte ihn nicht verlieren.

Sie blickte ihm tief in die versagenden Augen. Im Kopf echoten die Anweisungen, die Nikolai ihr einst gegeben hatte, vor allem seine Untersagungen. Doch sie entschied sich bewusst gegen Nikolais Anordnungen und beugte sich nieder.

Mit einer sanften Berührung der Lippen küsste sie Krieger auf die Stirn. Danach bewegte sich ihr Kopf ein wenig seinen Körper entlang abwärts, und ihr Kiefer öffnete sich weit. Tief bohrten sich ihre dolchartigen Reißzähne in seine Halsschlagader. Jedoch würde sie ihm nichts nehmen, sondern einflößen. Leben einflößen. Unsterbliches Leben. Und eine tote Seele bringen.

Vladimir Jakowlew schwenkte seinen Blick von dem Religionskritiker zu seinem politischen Gegner, und seine Augen vermittelten den Eindruck, dass er den russischen Präsidenten am Liebsten auf der Stelle getötet hätte.

Zur weiteren Verstärkung dieser Absicht machte er eine Bewegung mit seinem rechtem Arm. Aus dem weiten Ärmel des Umhanges löste sich ein scharfes Langmesser. Dies bahnte sich seinen Weg zwischen Nikolai Rosenheim und Pater Michael Beernheim um im Oberkörper des höchsten russischen Anführers dieser Zeit einzudringen und dort ein großes Loch zu öffnen, aus dem rotes Blut quoll. Heinrich stürzte sich seitwärts auf den selbsternannten Dunkelgott, und die zwei rollten miteinander unfreundlich vereint über den Boden, unter den Klängen des Gesang des Klerikers.

Vern Krieger sprang in den Raum hinein, dicht gefolgt von seiner vampirischen Retterin, die er jedoch nicht weiter beachtete. Als er wieder in die weltliche Existenz eingekehrt war, kannten seine Gedanken nur ein Ziel: seinen Befehl ausführen, die Primäraufgabe, welche er von Rosenheim erhalten hatte. Die

Unterzeichnung des Vertrages durch Juri Pasternak sichern.

Krieger sah die Person, welche er unbedingt hatte schützen sollen um diesen Befehl auszuführen. Und er bemerkte, wie der Präsident starb, langsam in die Ahnenreihe der Toten eingehend. Vern sprang vorwärts, eine übermenschliche Kraft, für ihn noch ungewohnt, floss in seinem Blut und trieb ihn an. Im Sprung ergriff er die wertvollen Papiere, sich zu dem Sterbenden rollend.

Heinrich gelang es sich mit der Kraft seines durchtrainierten und gewandten Körpers aus der Klammer Jakowlew zu befreien und einen Meter zurückzuweichen um sich zu sammeln. Sein Gegner hatte sich als übermäßig stark erwiesen. Jakowlew stand ebenso schnell wieder aufrecht und startete einen nächsten Angriff.

Crawlanasa fiel ihn an und packte ihn mit nachtbeseelter Stärke. Heinrich von Schattenberg verspürte den Drang diesen Gegner endgültig zu schlagen, als er sah, wie dieser mit Leichtigkeit den Griff der jungen Frau löste und sie abwarf. Crawlanasa selbst war verblüfft jemanden gefunden zu haben, der ihr in Sachen Stärke etwas voraus hatte.

Heinrich sah das Objekt, welches auf ihn zuflog, erst recht spät. Aber seine Reflexe verschafften ihm den nötigen Vorteil, es rechtzeitig aufzufangen. Er hielt das Bündel in der Hand, das Rosenheim ihm zugeworfen hatte, und verstand rasch. Flink wickelten seine Finger das Stofftuch ab und ergriffen die Schwertscheide mit fester Hand.

Seine Lippen formten ein Lächeln als er die Waffe derart zog, wie sie seine ritterlichen Vorfahren bereits seit langen Jahren im Kampf gegen feindliche Krieger benutzt hatten. Er stammte aus einer Ahnenreihe von Rittern, welche ihre besondere Aufgabe im Kampf gegen Aberglauben gefunden hatten. Ja, Heinrich wußte diese Waffe zu benutzen, es war Sitte der von Schattenbergs, dass jedes Familienmitglied lernte ein Schwert zu führen, im Gedenken an vergangene Zeiten. Heinrich von Schattenberg ließ seine Arme das Schwert entschlossen schwingen.

Beernheim bemerkte, wie sehr seine geistlichen Attacken den Dämonen trafen, und wie stark Jakowlew sich dagegen aufbäumte. Jedes niedere dämonische Wesen wäre längst vernichtet, doch Jakowlew war mächtig. Machtvoller als Beernheim trotz der Bündelung der metaphysischen Energie seiner Mitstreiter je hätte sein können.

Aber der Kleriker vermochte zumindest Jakowlew daran zu hindern, die satanischen Kräfte frei auszuleben, und der Pater schaffte einen machtfreien

Äther.

Krieger spürte seinen Kopf kaum mehr. Seit er auf dem Gang wieder erwacht war, hatte sich ein Schmerz in seinem Hirn ausgebreitet, der langsam wuchs. Vern fiel es schwer sich zu konzentrieren. Er befand sich neben dem liegenden russischen Staatsoberhaupt und legte ihm den völkerrechtlichen Vertrag auf den blutenden Oberkörper, die Hände im Anschluss an den eigenen Kopf legend, als könnte er durch diese Geste die Schmerzen senken.

Pasternak sah aus den sich schließenden Augen den Vertrag, lediglich seine Unterschrift fehlte noch. Und er musste daran denken, dass er mit dem Abschluss dieses Vertrages auf ewig in die Geschichte einzugehen vermochte. Das war das Einzige, das ihm jetzt blieb. Leider hatte Krieger keinen Stift gebracht.

Beernheims Stimme tönte lauter werdend, und Jakowlew zuckte bei jedem Ton. Crawlanasa war nach ihrem Abwurf zu ihrer Stelle im Pentagramm gekrochen. Jakowlew stieß einen alles übertönenden tierischen Schrei aus und hielt nach einer raschen Bewegung zwei weitere Dolche in den hellweißen Händen. Seine Hände wirkten, als durchfließe sie kein Blut. Heinrichs Klinge fuhr hinab und spaltete den Kopf Vladimir Jakowlews.

Der letzte Tag Russlands Einsamkeit war vergangen, und die Eingliederung in die Europäische Union vollzogen. Der Vertrag war direkt vor seinem Tod von Juri Pasternak unterzeichnet worden. Damit hatte sich dieser in jedes kommende Geschichtsbuch katapultiert. Dabei wird der genaue Ablauf dieser historischen Vertragsunterzeichnung wahrscheinlich niemals erwähnt werden.

Pasternaks Unterschrift harrte in rötlichen breiten Lettern geschrieben auf dem weißen Papier. Doch die auffällige Farbe des frischen Blutes würde vergehen. Er war zufrieden in den unendlichen Schlaf gegangen. Die Zeremonie war beendet und der Feind mit der Klinge der ‚Toten Seelen' geschlagen. Corel und Abraham schauten nach dem lädierten Professor für Parawissenschaften, während sich Nikolai Rosenheim Heinrich von Schattenberg widmete.

„Sie haben den Dämon vernichtet", gratulierte Rosenheim dem Höllenjäger.

„Dämon? Ich habe einen Menschen mit einem Schwert getötet, keinen Dämon. Dafür gibt es keine Anzeichen, Nikolai. Er starb, wie es jeder Mensch dabei getan hätte."

„Sie töteten ihn mit einem dafür vorgesehenen Schwert, welches Kamischko aus dem Eigentum der Sekte der Wende unterschlagen hat. Die einzige Weise den Dunkelgott zu vernichten."

„Beweisen Sie mir, dass ich ihn nicht mit jeder anderen Waffe hätte töten können."

„Nikolai", mischte sich Crawlanasa niedergeschlagen in das Gespräch, „Du wirst es ja sowieso erfahren. Besser ich erzähle es gleich."

„Was, Crawl? Was hast Du getan?"

„Ich habe, ich meine, es musste sein. Es war wirklich nötig, er lag im Sterben …"

Nikolai hatte eine schlechte Vorahnung und blickte auf den einzigen Soldaten in ihrer Gruppe, der erschöpft und scheinbar verwirrt neben dem toten ehemaligen russischen Präsidenten an der Wand sitzend lehnte.

„Nein, Crawl, oder?"

„Er wäre sonst gestorben."

„Ich habe es Dir untersagt. Es war Dir verboten."

„Aber er wäre jetzt tot."

„Das ist unwichtig. Ich habe es Dir untersagt."

„Das ist mir egal. Ich werde niemals zulassen, dass ihm etwas passiert, Nikolai. Du kannst mich ruhig bestrafen. Aber was ihn anbelangt, würde ich erneut so handeln."

„Es ist passiert, Crawl. Wir wissen nicht, wohin dies führt, dass weißt Du genau", sprach Nikolai erbost aus.

„Ja, Nikolai, entschuldige", bemerkte Crawl kleinlaut.

„Hoffen wir nur, dass er wie Du wird und nicht einer

von den nächtlichen Jägern der dunklen Seite. Beten wir darum, dass er seine Seele behält", sagte Rosenheim sehr betroffen wirkend.

„Nikolai, Sie glauben doch nicht wirklich daran? Durch ihr Blut soll sie sein Leben verlängert haben?", kommentiert Heinrich das Vernommene.

Crawlanasas Gesicht vollzog sich zu einer kindlichen Miene, als sie den Verleugner ihrer Existenz ansprach.

„Aber sein Fleisch war verbrannt. Jetzt sind die Wunden geheilt."

„Er wird großes Glück gehabt haben. Obwohl ich eigentlich um nicht missverstanden zu werden, zuerst meine Definition von Glück erläutern müsste. Er hat die Explosion annähernd unbeschadet überstanden und steht lediglich unter einem Schock. Es ist wahrscheinlich, dass sein Körper mit Ruß übersät war, nachdem seine Kleidung Feuer fing und verbrannte. Das waren die angeblichen Wunden, die unsere junge Dame gesehen haben will.'

„Unterbrechen wir die Diskussion an dieser Stelle, Heinrich, wir können Sie ohnehin nicht überzeugen. Es wird Zeit, dass wir verschwinden. Ich habe vorhin unsere in der Nähe stationierten Truppen informiert, die nun offiziell eingreifen dürfen, jetzt da wir die Tageswende passiert haben. Die Kampfhubschrauber dürften draußen aufgeräumt haben, und die

Bodentruppen werden bald hier sein. Es muss nicht unbedingt an die Öffentlichkeit geraten, was genau geschehen ist, und vor allem nicht, dass europäische Agenten beteiligt waren. Abraham, sehen Sie bitte einmal nach unserem Botschafter."

„Ja, Nikolai."

Kriegers relativ nackter Körper war frei von Wunden, nur schwarzer Ruß bedeckte ihn stellenweise. Lediglich dort, wo seine silberne Kette um den Hals hing, an der Stelle, an der das Kreuz mit seinem Brustkorb in Berührung kam, befand sich im Fleisch eine eingebrannte Narbe.

„Der Botschafter ist bewusstlos."

„Gut. Legen Sie den Vertrag zu ihm. Und das Schwert in Pasternaks Hände. Dann lassen Sie uns gehen, der Botschafter wird schon wissen, was er zu sagen hat. Eine letzte Frage noch, Beernheim. Vielleicht können Sie mir dies beantworten. Warum ausgerechnet heute? Was bedeutete Jakowlew und Pasternak dieser Tag?'

Beernheim zuckte mit den Schultern, während er seine Bibel zuschlug. Heinrich von Schattenberg grinste und schnaubte belustigt mit der Nase: „Vielleicht kann ich Ihnen die Frage beantworten, Nikolai. Gläubige suchen sich häufig einen Tag wie heute für ihre falschen Riten aus. Übrigens möchte ich nicht wissen, wie viele fanatische Selbstmorde heute begannen wurden. Denn

in dieser Nacht herrschte Mondfinsternis."
Wo sonst mit väterlichem Schein die glänzende Scheibe ihre nächtlichen Kinder beleuchtete und den Sterblichen in der Nacht Trost spendete, befand sich nur die allgemeine dunkle Schwärze des Sternengewölbes. Ein schwarzer Mondtag. Beim Verlassen griff Rosenheim nach der Klinge der ‚Toten Seelen'.

Anmerkung des Autors:

Die Geschichte der „Toten Seelen" hat zahlreiche Querverweise zu anderen Romanen. Dem ehemaligen Polizisten Jack Harder begegnen wir in „Tote Helden", Harders Kindern im Thriller „Copnet" und in „Tote Träumer" (in dem wir erleben, dass sowohl Rosenheim als auch von Schattenberg eine Zeitlang Leiter des geheimen europäischen Sicherheitsdienstes werden), und in „Tote Seraphim" treffen wir erneut auf Rosenheim und den Soldaten namens David, der hier nur eine Gastrolle als Mitglied der Special Protection Corps in Moskau hatte. Seinen ersten Auftritt hat David in „Tote Krieger". In dem Buch „Höllenjäger" tritt der Urahn der von Schattenberg gegen das Böse an. In den Geschichten „Das Licht und die Dunkelheit" sowie „Diener der Nacht" wird die Gruppe unter Nikolai Rosenheim wieder gemeinsam auftreten.

<HTTP://WWW.OLIVER-SZYMANSKI.DE>

AUSZUG WEITERER ROMANE

AUS DER REIHE: DER DEUTSCHE
NYC 9.11. Der Plan danach

AUS DER REIHE: UNDERWORLD'S CHILDREN
Nacirons Vampire: Sakrileg
Nacirons Vampire: Blutlinie
Nacirons Vampire: Himmelfahrt

AUS DER REIHE: WHODUNIT
Liebesakt

AUS DER REIHE: EUROPEAN DIVISION
Tote Träumer
Tote Helden
Tote Seraphim
Tote Seelen

AUS DER REIHE: AKADEMIA ARKANIA
Der Sohn des Wolfgängers

AUS DER REIHE: MIDWINTER CHRONIKEN
Die Elfen der Sha'anaar
Die Götter der Elfen

Leseprobe: Tote Seraphim

„Dieses Projekt wird Geschichte schreiben. Irgendwann einmal werden unser aller Namen in sämtlichen Büchern stehen, die unser Nachwuchs in den Schulen lesen wird. Wir werden die Zukunft gestalten, sie für das Vereinigte Europa sicherer machen. Dank uns wird die Europäische Union stets geschützt werden, vor allen Angriffen, denen sie ausgesetzt sein wird. Sie alle wurden über das vor einigen Jahrzehnten durchgeführte Engelprojekt informiert. Meine sehr verehrten Damen und Herren, das neue Projekt Erzengel hat bereits bessere Erfolge erzielt, als wir auf Basis der alten Daten erhofften. Die Lernfähigkeit unserer Männer ist stark angestiegen, ein angenehmer Nebeneffekt. Vor allem besitzen sie alle eine extrem gesteigerte Verarbeitungsgeschwindigkeit, die sie zu schnellerer Handlungsfähigkeit befähigt, als jeden anderen Menschen. Wir sind nun im fünften Monat des Projektes. Und wie Sie alle wissen, wurden die Drogen nach dem dritten Monat abgesetzt, die die anderen Manipulationen an den Testobjekten unterstützt haben. Nun werden sich die Soldaten etlichen Test unterziehen müssen. Ich werde Sie auf dem Laufenden halten."

Der junge Mann in der Mitte der drei anderen trägt eine dunkelblaue Stoffkombination mit sechs geschweiften Flügeln und gekreuzten flammenden Schwertern als einziges Abzeichen. Die drei anderen, allesamt bereits in Angriffsstellung, besitzen nur die Schwerter, keine Flammen, keine Flügel. Sie machen fast gleichzeitig den Ausfallschritt, doch die Gegenreaktion kommt schnell und ohne jegliche Verzögerung. Jeder Bewegung der drei Gegner kommt eine Gegenreaktion zuvor. Stets so passend, dass auch die Überzahl der Feinde nicht ausreicht zu siegen. So als würde ein Computer schnell die Handlungen des Blaugekleideten nach Analysen der Situation berechnen um ihn effektiv zu steuern. Doch kein Computer wirkt auf diesen Kampf ein. Einzig der Soldat allein gewinnt den ungleichen Kampf, ohne Hilfsmittel.

„Sehr verehrtes Gremium. Ich möchte alle noch einmal bitten, die absolute Geheimhaltung des Projektes Erzengel zu wahren. Nach mehreren Monaten voller anstrengender Tests für unsere tapferen Erzengel ist es soweit. Alle haben sich in dem Spezialtraining qualifiziert und verdeutlichen den Erfolg des Projektes. Weitere Projekte dieser Art werden folgen, dessen können wir uns nun sicher sein. Als abschließendes

Ereignis bin ich erfreut, Sie alle einladen zu dürfen um Ihnen die besonderen Vorteile der Erzengel zu zeigen. Ort und Zeitpunkt werden Ihnen auf dem üblichen Weg bekanntgegeben."

Das neue Flugzeug strahlt im hellen Licht der Sonne, welche an diesem wunderbaren Sommernachmittag über Frankreich leuchtet. Das schwerbewaffnete Europian Defence Weaponship ist trotz aller Bewaffnung harmlos, denn es handelt sich um entschärfte Übungsmunition. Die anmutigen Formen des Schiffes sanft streichelnd, umsäumt ein leichter Wind das Gelände des militärischen Flugplatzes. Dieses Flugzeug ist allerdings nur Dekoration, die für den heutigen Testflug zu benutzenden EDWs befinden sich in den dafür vorgesehenen Hangaren.

Ein junger Soldat mit dem Emblem der Erzengel verschafft sich ungesehen durch eine offene Tür Einlass in den Hangar. Vorsichtig schleicht er sich zwischen den Maschinen hindurch bis zu dem großen Munitionswagen. Der etwas ältere Soldat, der an der Fahrerkabine lehnt und genüsslich illegalerweise eine Zigarette raucht, bemerkt nicht, dass er getötet wird. Es geschieht zu schnell. Geräuschlos sackt die Leiche zu Boden, gehalten von dem gefallenen Engel. Die Leiche verschwindet in einem leeren Munitionscontainer, und der Soldat nimmt mit Hilfe eines kleinen Spezialfahrzeuges einige Änderungen an seinem Flugzeug vor.

„Wir werden gleich auf diesen Monitoren den Übungsflug der Erzengel sehen. Da es sich um Übungsmunition handelt, werden die Computer die Auswertung der Schüsse übernehmen. Wir wollen nicht, dass jemand verletzt wird, nicht? Die Erzengel werden mit den EDWs auf weitere Soldaten des Special Protection Corps treffen, die in der Überzahl sind. Und Sie werden sehen, dass sie aufgrund der gestiegenen Verarbeitungs- und Handlungsgeschwindigkeit die Besonderheiten dieses Flugzeuges besser ausnutzen können und somit leicht den Luftkampf gewinnen werden. Oh, wie ich gerade erfahren habe, beginnen wir jetzt."

Die gigantischen, leistungsfähigen Maschinen erhoben sich gen Himmel, und der eindrucksvolle Luftkampf begann.

„Red Two. Ich hab die Drei im Fenster, er zieht davon. Wäre nett, wenn mir mal wer hilft."

„Red Three. Auf dem Weg."

„Wir haben für Sie extra die Funkkanäle hörbar gemacht um Ihnen zu verdeutlichen, dass die Erzengel keinen Funkkontakt zueinander im

Angriff mehr benötigen. Jeder von ihnen ist schnell genug in der Lage sämtliche Informationen der Anzeigen zu erkennen, zu analysieren und einen Schluss daraus zu ziehen. Das alles geschieht in Bruchteilen von Sekunden. Sie müssen sich nicht untereinander absprechen. Ein Erzengel ist in der Lage schneller zu denken und kann unter anderem deutlich mehr Bilder pro Sekunde aufnehmen und verstehen."

„Red Leader. Schießt mir die Drei ab, ich folge der Zwei. Ich will, dass wir diesen Kerlen am Boden zeigen, wie gut wir sind. Von Engeln in Unterzahl lassen wir uns nicht besiegen. Stutzt ihre Flügel."

„Bodenstation. Angriffsbefehl an Erzengel. Bestätigen."
„Michael. Angriffsbefehl bestätigt."
…
„Raphael. Angriffsbefehl bestätigt."
„Uriel. Angriffsbefehl bestätigt."
…
„Bodenstation. Gabriel, Angriffsbefehl bestätigen."
„Wie Sie bemerkten kam gerade erst der Angriffsbefehl für die Erzengel und bereits drei Abschüsse sind zu verbuchen."
„Bodenstation. Gabriel, Angriffsbefehl bestätigen."
„Und Abschuss sechs, sieben, … acht. Na bitte. Sie sehen, die Erzengel sind schnell und äußerst effektiv. Die sozusagen abgeschossenen Soldaten werden nun zur Basis zurückkehren. Und die Erzengel werden uns einige Flugmanöver zeigen, die kein normaler Pilot mit dieser Schnelligkeit und Effizienz ausführen kann."
„Bodenstation. Gabriel, Statusbericht."
…
„Bodenstation. Erzengel, Statusbericht."
„Michael. Aktiv, keine Schäden, bereit."
…
„Raphael. Aktiv, keine Schäden, bereit."
„Uriel. Aktiv, keine Schäden, bereit."
„Bodenstation. Michael, Check Gabriel."
„Michael. Keine sichtbaren Schäden. Kein Kontakt."
„Bodenstation. Auf Befehle warten."
…
„Michael. Bodenstation, Gabriel bricht aus Formation."
„Bodenstation. Roter Alarm. Auf Befehle warten."

„Was geschieht da oben bloß? Wir müssen …"
„Sir, Gabriel entsichert jetzt seine Waffensysteme."
„Eigentlich hätte er das vorhin machen sollen. Zum Glü…"

„Michael. Gabriel löst Rakete."
„Uriel. Bodenstation. Rakete auf Kollisionskurs."

„Sir, bestätigt. Eine Rakete fliegt auf Uriel zu."
„Ich dachte, die Dinger lösen sich nicht?"
„Sir, vielleicht ein Fehler im System. Scharf sind sie auf keinen Fall."
„Bodenstation. Uriel, Ausweichkurs."
„Sir, wie angeordnet ist Gruppe Blue einsatzbereit mit scharfen Waffen."
„Sie sollen starten."

„Bodenstation. Erzengel, Rückzug."
„Michael. Bodenstation. Gabriel nimmt Kampf auf."
„Bodenstation. Ihr bekommt bald Hilfe."

Die hochgerüstete und mit tödlichen Materialien bespickte Rakete
verlässt die sichere Halterung an den Flügeln des Erzengel Gabriels und
bringt ihre göttliche Botschaft quer durch den Himmel. Seine ebenfalls
qualifizierten Partner versuchen auf Ausweichkurs zu gehen und würden
liebend gerne eine Gegenattacke ausführen. Doch ihre Waffen sind
wehrlos, Gabriel ist überlegen. Seine Waffen sind echt. Die anderen
Erzengel treten nach und nach ihrem Schöpfer gegenüber. Es sind nur
Sekundenbruchteile, die Gabriel benötigt. Kein Soldat, der nicht diese
Fähigkeiten besitzt, hätte dies jemals geschafft. Er hat die anderen
Erzengel vom Himmel geholt. Ein Seraphim unter den Engeln.
„Bodenstation. Gabriel, Waffen sichern. Sofortiger Rückflug."
„Blue Leader. In Reichweite."
„Bodenstation. Angriffsbefehl an Blue. Bestätigen."
„Blue Leader. Angriffsbefehl bestätigt."
„Blue One. Angriffsbefehl bestätigt."
„Blue Two. Angriffsbefehl bestätigt."
„Blue Three. Angriffsbefehl bestätigt."
„Blue Four. Angriffsbefehl bestätigt."
„Blue Leader. Blue One, Angriffsrichtung oben. Blue Two, schleich
Dich hinten an. Blue Three bleibt bei mir und Four geht nach unten in

Warteschleife. Schnell und direkt. Los."

Auf den Radarschirmen sieht man langsam, wie sich die Punkte nähern. Sie scheinen in einen einzigen überzugehen.

„Bodenstation. Viel Glück, Blue."

„General Price. Gabriel. Melden."

...

„General Price. Gabriel! Gabriel! Scheiß auf Codierung. David, hör mir zu, hier ist der alte Price. Verdammt, hör auf. Das sind unsere Jungs."

„Sir, Blue Three deaktiviert."

„Scheiße. David, bitte lass es gut sein."

Das glitzernde Europian Defence Weaponship Gabriels gleitet hoch hinaus in den Äther um plötzlich stark abzufallen. Der Erzengel Gabriel weiß über seine Talente Bescheid. Der Soldat mit dem Callsign Blue Two hat sie nicht und sackt bei dem Versuch zu folgen zusammen. Es ist ein Manöver, bei dem Piloten bewusstlos werden. Gabriel nicht. Während die führerlose Maschine unkontrolliert stetig weiter abfällt, stürzt sich das tödliche Flugzeug unter Steuerung des sogenannten Erzengels hinab und vernichtet seine übrig gebliebenen Feinde, wie zuvor in der Übung. Übermenschlich schnell, und außerhalb des Bereiches in dem Menschen zu einer Gegenreaktion fähig sind.

„Sir. Gabriel beherrscht Luftraum. Staffel Blue deaktiviert."

„Warum tust Du das?"

„Sir. Kursänderung Gabriels."

„Welche Richtung?"

„Sir, vermutlich will er sich Paris nähern."

In dem Beobachtungsraum herrscht schon lange Zeit keine gute Stimmung mehr. Der Sekt hat aufgehört zu fließen, und der vorher freudige Kommentator eilt zu dem Kontrollraum.

„Er hat Kurs auf Paris, General?"

„Ja, man hat es mir gerade gemeldet."

„Und seine Waffen sind scharf?"

„Jemand hat den Hangar überprüft. Wir fanden eine Leiche und es fehlte die scharfe Munition, dafür fanden wir versteckte Übungsmunition."

„Er hat also scharfe Waffensysteme."

„Ja."

„Komplett?"

...

„Ich fragte ob alle seine Waffen real sind?"

„Ja."

Schweigen.

„Halten Sie ihn auf, General!"

„Wir haben es versucht. Mit den Erzengeln haben wir acht tote Piloten. Sie haben diese Wundermenschen erschaffen. Wir können ihn nicht aufhalten. Außerdem kann ihn nun niemand mehr einholen."

„Die Evakuierung der Stadt muss eingeleitet werden."

„Er wird die Metropole in circa dreieinhalb Minuten erreichen. Und so lange braucht er nicht, um nur in Reichweite zu gelangen."

„Sie glauben wirklich, dass er es tun wird, General Price?"

„Ich weiß nicht, was Sie mit ihm gemacht haben. Der Soldat, den ich kannte, hätte keinen Grund gehabt. Aber nun habe ich es mit einer Person zu tun, die Gabriel genannt wird."

„Wir haben nie Persönlichkeitsveränderungen festgestellt. Es steigert nur ihre Fähigkeiten. Wir sind langsam vorgegangen und haben alles abgecheckt."

„Vielleicht haben Sie ihn herausfordert. Und er hat angenommen."

„Sie meinen das philosophisch?"

„Hören wir auf zu reden. Beten wir. Mehr können wir nicht tun. Verdammt."

Tränen in den Augen.

In Paris ist ein Tag wie jeder andere. Es gibt Baguettes, Cidre und viel Lebenslust. Und weit entfernt von der Stadt, doch nahe genug, gibt es den Tod.

Eine computergenerierte Stimme:

„Waffensysteme entsichert."

„Sicherheitscodeeingabe erwartet."

„Atomare Waffensysteme entsichert."

„Atomare Waffensysteme ausgerichtet."

„Abschuss erneut bestätigen."

„Abschuss bestätigt. Abschuss erfolgt."

Und er nähert sich. Der Seraphim. Der Tod.

Ein gigantischer Pilz.

Millionen Tote.

Und entfernt Menschen, die keine Anzeigen brauchen um zu sehen was passiert ist, und dass es passiert ist.